Hermann Gutmann

Hamburg schmunzelt

Von Erzbischöfen, Hansebrüdern und reichlich Essen und Trinken

EDITION TEMMEN

Die Deutsche Bibliothek verzeichnet diese Publikation in der Deutschen Nationalbibliografie; detaillierte bibliografische Daten sind im Internet unter http://dnb.ddb.de abrufbar.

Titelillustration: Peter Fischer

2. korrigierte Auflage 2006

28209 Bremen - Hohenlohestr. 21
Tel. 0421-34843-0 - Fax 0421-348094
info@edition-temmen.de
www.edition-temmen.de

Herstellung: EDITION TEMMEN

ISBN 3-86108-190-3

Inhalt

Grund zum Schmunzeln gab es zunächst nicht

Ob die alten Rentierjäger, die vor 15.000 Jahren durch Hamburg streiften - das damals nichts weiter war, als ein bewaldeter Höhenrücken -, Grund zum Schmunzeln hatten, wissen wir nicht. Allenfalls haben sie geschmunzelt, wenn ihnen ein Rentier über den Weg lief und dumm genug war, sich zu einem Braten verarbeiten zu lassen.

Sie sehen daran aber auch, dass am Anfang der hamburgischen Geschichte die Freude am Essen stand. Und diese Freude hat über die Jahrtausende Bestand gehabt.

Unter diesen Umständen können Sie sich gewiss vorstellen, dass die alten Hamburger, die im 8. und 9. Jahrhundert nach Christi lebten und sich keineswegs als Hamburger bezeichneten, wenig erfreut waren über die aus der Fremde kommenden christlichen Missionare. Die waren ihnen auf Befehl des Kaiser Karls des Großen auf den Pelz gerückt.

Aufgabe der frommen Kerle sollte es sein, den Hamburgern ihre heidnischen Götter abzuschnacken. Beiläufig, aber mit großem Ernst, erzählten sie ihnen, dass es auch besser sei, gesund zu leben. Sie meinten damit, dass sich die Hamburger einer vegetarischen und alkoholfreien Lebensweise zuwenden sollten, was im Übrigen nicht nur gesund sei, sondern vor allem gottgefällig.

Die alten Hamburger, die unter anderem Bären jagten, nicht nur der Felle wegen, auf denen sie in ihrer Freizeit faul lagen, Met tranken und in die Luft guckten, sondern auch wegen der schmackhaften Bärenkeulen, kratzten sich den Kopf. Sie nahmen einen Schluck aus ihrem Humpen und dachten »Redet man too!«. Sie kümmerten sich nicht weiter um die merkwürdigen Heiligen, was aber ein Fehler war.

Die christlichen Missionare bauten zwischen Alster und Bille ein Missionszentrum und im Bereich der heutigen Petrikirche eine Burg, die sie nach dem abgeholzten Buchenwäldchen, das dort gestanden hatte und Hamme genannt worden war, auf den Namen Hammaburg tauften. Anschließend tauften sie die Ureinwohner.

Die meisten von ihnen nahmen das wahrscheinlich als lustiges Spiel, das ihnen half, die Zeit zu vertreiben und zu überleben. Im Übrigen glaubten sie weiter an ihren Göttervater Wotan, obwohl der ein bisschen hinfällig geworden war, sozusagen ein Großvater, und nicht mehr die Kraft hatte, den christlichen Missionaren einen Dämpfer zu geben.

Es kam das Jahr 831. Mit ihm näherte sich ein junger Mann in Kutte, eben 30 geworden, der Ansgar hieß und sich an die Spitze der Missionare stellte. Das heißt, er wurde von dem etwas dümmlichen König Ludwig dem Frommen zum Bischof ernannt und damit zum Oberhirten der Hammaburg und Umgebung.

Ansgar war, wie wir wissen, ein - im Gegensatz zu seinem König - kluger Herr, überaus gottestreu und absolut humorlos. Er lachte nie, und dazu hatte er auch gar keinen Grund, denn er aß so gut wie nichts Vernünftiges und trank nur Wasser.

Es waren noch keine fünfzehn Jahre ins Land gegangen, als die heidnischen Nordmänner Wind von der christlichen Siedlung zwischen Alster und Bille bekommen hatten. Mit ihren schnellen Schiffen reisten sie elbeaufwärts, erreichten die Hammaburg und zerstörten sie so gründlich, dass nur noch ein Häuflein Asche übrig blieb. Auch die mühsam gesammelte Bibliothek wurde ein Raub der Flammen, was den Nordmannen sowieso egal war. Sie konnten nicht lesen.

Ansgar allerdings hatte sich, beladen mit einigen Reliquien heiliger Märtyrer, rechtzeitig in Sicherheit gebracht. Er ging nach Bremen, wo er jedenfalls ruhiger wohnte als in Hamburg und wo er sich nach einigem Hin und Her auf den vakanten Bischofsstuhl setzte. Ansgar, der erste Erzbischof von Hamburg und Bremen, war fest entschlossen, die Hammaburg wieder aufzubauen, was auch gelang.

Gleichzeitig begann aber eine über Jahrhunderte dauernde gemeinsame hamburg-bremische Kirchengeschichte. Diese Konstruktion ging nicht ganz ohne Reibereien über die kirchen- und weltgeschichtliche Bühne.

Heute hat sich das alles mehr oder weniger beruhigt, und nur wenn der Hamburger Sport-Verein (HSV) in Bremen spielt oder Werder Bremen in Hamburg, schicken die zuständigen Polizeidirektionen mehrere Mannschaftswagen zu den jeweiligen Bahnhöfen. Denn es ist leider so, dass mal der HSV in der Bundesligatabelle oben steht und Werder unten. Dann sind die Bremer beleidigt. Oder umgekehrt. Dann sind die Hamburger beleidigt. Mit den Begegnungen der beiden Vereine werden alte Gräben aufgerissen. Manchmal gibt's auch Kloppe.

Aber zurück zu Ansgar, der von Bremen aus seine Hammaburg wieder aufbauen ließ, dort auch einen Koffer liegen hatte, sicherheitshalber aber in Bremen blieb. Er kümmerte sich weiter um die Christianisierung der nördlichen Länder, was ihm in der Kirchengeschichte den Titel eines »Apostels des Nordens« eintrug. Seine sparsame Lebensweise setzte er in Bremen fort, zum Leidwesen der Bremer und zum Vergnügen der Hamburger, denn wenn die Katze weg ist, tanzen die Mäuse auf den Tischen.

Mit zunehmendem Alter aber geriet Ansgar an den Alkohol. Nein, nein, so nicht! Aber er mischte sich zum Essen ein wenig Wein in sein Trinkwasser. Auf diese Weise hat Ansgar die Schorle erfunden.

Später ist er heilig gesprochen worden. Aber nicht deswegen.

Remberts Wunder

Der Erzbischof Rembert, der das Leben seines Vorgängers, des heiligen Ansgars, in einem Buch liebevoll nachgezeichnet hat - in der stillen Hoffnung, dass auch ihm ein freundlicher Nachschnack gewiss sei, machte sich durch viele Wunder einen Namen.

Abgesehen davon, dass er einen Blinden sehend gemacht haben soll, befreite er einen Königssohn von einem bösen Geist. Die Sache war heikel, denn der Königssohn hieß Karl und sollte eines Tages König werden.

Man muss sich das mal vorstellen. In einem künftigen König hatte es sich ein böser Geist gemütlich gemacht. Er pöbelte durch den Mund des Prinzen die Großen des Reiches an, indem er ihnen erklärte, sie seien zu nichts nütze, dächten nur an ihr eigenes Wohlergehen und seien im Übrigen Geldverschwender. Das war - damit kein Missverständnis entsteht - im frühen Mittelalter.

Rembert nahm sich des unsauberen Geistes an und verbannte ihn durch Gebet und fromme Sprüche aus dem Körper des Prinzen. Der aber verlegte sich daraufhin aufs Essen. Er ist als Karl der Dicke in die Geschichte eingegangen.

Als Rembert einmal nicht weit von Dänemark eine Kirche einweihte - es mag die Kirche von Schleswig gewesen sein - bemerkte er zu seinem Entsetzen in der Menge einige mit Ketten gefesselte Sklaven. Es waren, wie er sich sagen ließ, Christen.

Adam von Bremen schreibt darüber in seiner Bremer und Hamburger Kirchengeschichte: »Rembert verrichtete daselbst ein doppeltes Wunder, denn er sprengte die Ketten durch sein Gebet und kaufte die Gefangenen los. Er gab dafür sein Pferd.«

Auch erfand Rembert ein Mittel gegen die Seekrankheit, die dem fröhlichen Essen und Trinken auf See nicht gerade förderlich ist. Er soll bei einer Überfahrt nach Schweden das ungestüme Meer allein durch sein Gebet beschwichtigt haben.

Ob das Mittel bei allen Seekranken hilft, ist zu bezweifeln.

Lübeck – Bremen – Hamburg

Es war im Sommer des Jahres 1307, als sich zwei gute Bürger, Hinrik Bersing aus Bremen und Tylo Bodendorp aus Lübeck, zufällig in Hamburg in einer Herberge in der Deichstraße trafen und sich in ein anregendes Gespräch vertieften.

Sie hockten einträchtig beisammen, tranken Hamburger Bier, weil es, wie Hinrik Bersing bedauernd feststellte, in Hamburg, zumindest aber in dieser Herberge, kein Bremer Bier gab, und schnackten über ihre Vaterstädte, die sie, wie es sich gehörte, über alles liebten.

Bei dieser Gelegenheit nahm Hinrik Bersing, was eigentlich gar nicht seine Art war, den Mund ein bisschen zu voll, was den Lübecker maßlos ärgerte, zumal er nicht so flink mit der Zunge war und ihm die besten Argumente für seine Heimat im Munde stecken blieben. Schließlich fing er an - weil ihm nichts Besseres einfiel - die Bremer Ratsherren zu beschimpfen und sie als hoffärtig zu bezeichnen.

Als Hinrik Bersing ärgerlich fragte, was ihn zu dieser absonderlichen Feststellung veranlasst haben könne, meinte Tylo Bodendorp, man wüsste doch, dass sich die Bremer Ratsherren anmaßten, Gold und Pelzwerk zu tragen, was ihnen auf Grund ihrer Bürgerlichkeit nicht gebühre.

Bersing blieb ganz ruhig und entgegnete: »Doch, doch, sie haben das Recht, Gold und Pelzwerk zu tragen. Der Kaiser hat es ihnen erlaubt - und zwar zu einer Zeit, als es in Lübeck noch gar keine Ratsherren gab.« Dabei konnte er sich ein spöttisches Lächeln nicht verkneifen, was nun wiederum dem Lübecker zu Kopf stieg.

Und weil sie einander im Grunde recht gut leiden konnten, meinte Bersing schließlich, er könne ja auch nichts dafür. Aber die Bremer seien unter ihren Ratsherren mit Herzog Gottfried von Bouillon, dem christlichen Ritter, Ende des 11. Jahrhunderts zum Ersten Kreuzzug ins Heilige Land gezogen, derweil, so merkte er an, die Lübecker noch gar nicht existierten.

Er fuhr fort: »Darum erhielten die Bremer bei ihrer Heimkehr drei herrliche Stücke der Hoheit vom römischen Kaiser, deren sie sich ewig freuen werden. Zum Ersten, dass sie eine eigene Gerichtsbarkeit haben, zum anderen, dass sie die Weser, des Reiches freie Straße, verteidigen dürfen gegen jede Unbill bis in die salze See, zum Dritten, dass Bremer Ratsherren an ihrer Kleidung Gold und Pelzwerk tragen dürfen wie die Ritter.«

Der Lübecker war misstrauisch und glaubte das nicht.

Ein Wort gab das andere, wobei auch Bersing sich nicht enthalten konnte, seiner unfreundlichen Meinung über die Lübecker Ratsherren Ausdruck zu verleihen. Am Ende landeten die beiden Streithähne vor dem Rat der Stadt Hamburg, der das letzte Wort in diesem Streit haben sollte.

Diese Schlüsselrolle fanden die Hamburger überhaupt nicht lustig. Die Ratsherren wanden sich wie Würmer. Sie wollten es sich weder mit den Lübeckern noch mit den Bremern verderben.

Einer der Ratsherren nahm sich der Sache an. Er hieß Johann Franzoiser, war ein lustiger und gewandter Herr, ein typischer Hamburger. Er redete auf die beiden ein, zupfte ergötzlich den verwirrten Streit auseinander und fädelte geschickt die Versöhnung ein. Schließlich widerrief Tylo Bodendorp seine Schmähung und erklärte ernsthaft, er wisse vom Rat der guten Stadt Bremen nichts als Erfreuliches zu sagen. Da bekannte auch Hinrik Bersing, dass er vom Rat der Stadt Lübeck nur Liebes und Gutes vernommen habe.

Es kam zu einer Versöhnung der beiden Kontrahenten. Danach geleitete Herr Franzoiser die beiden mit freundlichen Worten zum Rathaus hinaus. Er riet ihnen, die Aussöhnung durch ein gutes Hamburger Essen zu besiegeln. Man gab einander die Hand, und Herr Franzoiser atmete erleichtert auf.

Und während die beiden, der Bremer und der Lübecker, durch Hamburg spazierten, stellten sie fest, dass Hamburg auch so übel nicht sei, nicht so schön wie Bremen, sagte Bersing, und Bodendorp meinte, was Lübeck beträfe, da käme keine andere Stadt mit. Bersing überhörte das großzügig.

Danach betraten die beiden Herren eine bekannte und gute Schenke der Stadt, die ihnen Herr Franzoiser empfohlen hatte. Sie setzten sich an einen gedeckten Tisch und warteten auf die Hamburger kulinarischen Freuden.

Der Wirt servierte ihnen eine kräftige Suppe mit fünferlei Kraut, viererlei Gemüse, dreierlei Klößen, zweierlei Obst und einerlei Fisch, nämlich Aal, nebst Süß und Sauer. Seine beiden Gäste waren begeistert.

Nach diesem Hamburger Leibgericht gab es Hamburger Rauchfleisch, ebenfalls eine Hamburger Spezialität. Zum Trinken wurde das beste Hamburger Bier serviert.

Am Ende waren sich der Lübecker und der Bremer einig: »Vom Essen und Trinken verstehen die Hamburger eine ganze Menge.«

Und zufrieden klopften sie sich die Bäuche.

Die Besichtigung des Erzbischofs Albert II. fiel aus

Die Nachricht kam aus dem etwas prüden Bremen. Es war in der zweiten Hälfte des 14. Jahrhunderts.

Der dicke Erzbischof Albert II., so hieß es, nicht ohne listiges Augenzwinkern, sei ein Zwitter. Jeder wisse das, und man brauche ja nur auf seine Stimme zu hören, dann wisse man gleich Bescheid. Eunuch!

Für Albert war das eine böse Geschichte, obwohl das aus evangelischer Sicht für einen katholischen Geistlichen gar nichts Schlimmes sein kann. Aber eine evangelische Sicht gab es damals noch nicht. Und die katholische Kirche legt Wert darauf, dass ihre geistlichen Würdenträger richtige Männer sind. Es sei denn, was ja auch vorgekommen ist, dass sich ein heiliger Mann zum Märtyrer gemacht habe, in dem er sich selbst verstümmelte. Das aber gehört gar nicht hierher, zumal Albert II. alles andere war als ein Heiliger.

Im Gegenteil, Albert war ein an sich unangenehmer Herr, der sich vor allem mit den Bremern anlegte, was den Hamburgern wiederum egal war. Er versuchte die Geschichte mit dem Zwitter unter dem Deckel zu halten, was ihm jedoch nicht gelang.

Schließlich willigte er ein, sich in der St.-Victor-Badestube am Stavendamm in Bremen von den versammelten Ratsherren besichtigen zu lassen. Die Ratsherren guckten sich die Geschichte an und kamen überein, dass Albert genug davon hatte.

Das nun aber war die Stunde der Hamburger. Sie erklärten, dass sie noch nie viel von den Größenverhältnissen der Bremer gehalten hätten. Es wäre ja wohl unter diesen Umständen für sie, für die Hamburger, erforderlich, ebenfalls auf einer eingehenden Prüfung der Sachlage zu bestehen.

Albert musste also nach Hamburg reisen. Dort aber setzte er sich mit den Hamburger Ratsherrn zu Tisch. Es gab ein 60-Gänge-Menü, für dessen Kosten man ein ganzes Dorf hätte kaufen können. Wer für die Kosten aufgekommen ist, spielt heute keine Rolle mehr. Vermutlich war es das Volk.

Jedenfalls waren sie - abgesehen vom Volk - alle satt und zufrieden, und im Grunde war es den Hamburgern einerlei, ob ihr Erzbischof bei der Verteilung der männlichen Attribute nicht energisch genug »Hier!« gerufen hatte. Da war sich in Hamburg jeder selbst der Nächste.

Die Besichtigung fiel aus.

Der Hamburger isst über seine Verhältnisse

In der Zeit der Hanse gehörte es zur guten Nachbarschaft der Hansestädte, dass die Hansebrüder einander mit ihren kleinen und meistens verzeihlichen Schwächen aufzogen.

So gab es ein Hansewort folgenden Inhalts:

Die Bremer wohnen über ihre Verhältnisse. Die Lübecker trinken über ihre Verhältnisse. Die Hamburger essen über ihre Verhältnisse.

Es soll hier nicht untersucht werden, wer von den dreien das beste Los gezogen hat.

Wer über seine Verhältnisse wohnt, die Bremer mögen es verzeihen, kann sich leider ein gutes Essen nicht leisten. Dafür sorgt schon die Landesbausparkasse oder Schwäbisch-Hall.

Wer über seine Verhältnisse trinkt, hat's am Ende mit der Leber.

Wer aber über seine Verhältnisse isst, hat vielleicht - muss aber nicht - hohe Cholesterinwerte, über deren Bedeutung Mediziner unterschiedlicher Auffassung sind. Bestimmt aber bekommt er einen dicken Bauch.

Ein dicker Bauch kann Goldes wert sein. Denn es gibt Frauen, bei denen fängt der richtige Mann erst an, wenn er einen Bauch vor sich her trägt.

Übertragen wir aber dieses Hansewort ins 19. Jahrhundert, so bleiben wir bei Jacob Gallois hängen.

Gallois, ein Franzose, der in Hamburg hängen geblieben war, meinte um 1830 ein bisschen giftig:

»Der Esstisch ist das einzige Schlachtfeld, auf dem die Hamburger sich auszeichnen und sich als wirkliche Helden zeigen. Als Auszeichnung müssten sie den Suppenlöffel am Ordensbande und die Gabel im Knopfloch tragen.«

Es kann hier nicht der Raum für politische Betrachtungen sein. Aber wie gut stünde es um unsere Welt, wenn Schlachten ausschließlich am Esstisch geschlagen würden?

Der Schweinekrieg im Sachsenwald

In den allgemeinen Geschichtsbüchern sucht man vergeblich nach einem Hinweis auf den Schweinekrieg im Sachsenwald, obwohl Historiker in der Aufzählung und der Schilderung von Kriegen stets große Sorgfalt bewiesen haben und immer noch beweisen. Aber den Schweinekrieg haben sie vergessen - oder übersehen.

Dabei war sein Ausgang zumindest für die Hamburger von allergrößter Bedeutung. Denn es ging, unter anderem, um die Sicherung einiger ihrer Leibgerichte, um »Snuten und Poten« und um »Hamburger National«. »Hamburger National« besteht ja im Wesentlichen aus Steckrüben (Mecklenburger Ananas), Kartoffeln und, vor allem, aus Schweinebauch.

Es geschah im Jahre 1671, als der Herzog von Sachsen-Lauenburg, dessen Geschlecht 18 Jahre später aussterben sollte, das alte Recht der Hamburger Schlachter, ihre Schweine zur Eichelmast in den Sachsenwald zu treiben, anzweifelte. Ja, er scheute sich nicht, eine Hamburger Schweineherde, die sich zu jener Zeit im Sachsenwald tummelte, »gefangen« zu nehmen.

Die Sache schien für die Hamburger heikel. Immerhin war ihr Gegner nicht irgendwer. Doch die Schlachter, wie alle Hamburger dazu erzogen, vor Fürstenthronen nicht zu kuschen, waren weder gewillt, sich das alte Recht beschneiden zu lassen, noch die von dem Herzog »gefangen« gehaltene Schweineherde in den Schornstein zu schreiben.

Sie begaben sich, unterstützt von etlichen Hamburger Stadtsoldaten, auf den Kriegspfad. Dabei gebärdeten sie sich so kampfeslustig, dass dem Herzog von Sachsen-Lauenburg der Schreck in die Glieder fuhr.

Ehe er sich recht versah, hatte er den Schweinekrieg verloren.

Die Hamburger Schlachter bekamen ihre Schweineherde zurück und trieben wie eh und je ihre Schweine zur Eichelmast in den Sachsenwald.

Die Wurst des Schlachters Kord Struve

Der junge Gastwirt Hans Schuldt führte seit einiger Zeit eine Weinschenke in der Pistalerstrat, die später in Spitalerstraße umbenannt wurde. Es schien aber, dass dem Schuldt in wirtschaftlicher Hinsicht Pech an den Fingern backte.

Alle Gastwirtschaften in Hamburg hatten um 1670 gut zu tun. Es passierte viel in der Stadt, und das musste an den Stammtischen in den Gastwirtschaften geistig verarbeitet werden. Nur Hans Schuldts Schenke blieb ohne Gäste, obwohl er ein freundlicher Mensch war und einen klaren, wohlschmeckenden Wein ausschenkte.

Einzig der alte Pförtner vom Hospital St. Hiob, Heinrich König, saß jeden Abend vor einem Schoppen und rauchte eine Pfeife. Hin und wieder gesellte sich zu ihm ein junger Mann, den Hans Schuldt nicht kannte.

Eines Abends aber sollte es auch mit dem einzigen Stammgast des Hauses ein Ende nehmen. Hans Schuldt stand vor seiner Tür, als Heinrich König die Straße herunterkam. Schuldt wollte ihn freundlich in sein Haus geleiten, doch König schüttelte den Kopf.

»Ne, min leve Naber«, sagte König. »He kann mi dat nich verdenken, wenn ik in den ›Witten Swan‹ in de Steenstrat gah. Bi em ist dat ok gar to eensam, un ik bün dat de armen Seken schullig, dat ik Neeigkeiten insammel, damit se doch ok erfaart, wat in de Stadt vörgeit! Nicks för ungod.«

König machte einen tiefen Zug aus seiner Pfeife und wandelte gravitätisch durch den Barkhof zur Steinstraße hinab.

Hans Schuldt blickte ihm verstört nach und kehrte in seine Schenke zurück. Dort saß, was er fast vergessen hatte, der ihm unbekannte Gast vor seiner Kanne. Der Gast hatte das Gespräch offenbar mit angehört. Er stimmte, als Schuldt eintrat, ein böses Lachen an.

Das allerdings war dem Gastwirt zu viel. Er war drauf und dran, seinem letzten Gast das Haus zu verbieten. Doch der blieb ganz ruhig und wurde ernst.

Er sagte: »Mein lieber Schuldt, lasst Euch nicht durch mein Lachen irritieren. Bringt mir eine frische Kanne, schenkt auch Euch ein, auf meine Kosten, und setzt Euch zu mir. Dann will ich Euch erzählen, wer ich bin und weshalb ich gelacht habe.«

Brummend kam Hans Schuldt dem Verlangen nach, setzte sich widerwillig zu dem Gast, und der fing an zu erzählen.

Er heiße, so berichtete er, Kord Struve. Vor einem Jahr habe er eine kleine Erbschaft gemacht und sich daraufhin als Wurstmacher hinter dem Breitengiebel niedergelassen. Er habe Tag für Tag die leckersten Würste angefertigt, und Tag für Tag habe er in seinem Geschäft vergeblich auf Kunden gewartet. Am Ende habe er die Würste selbst verzehren müssen.

Daran habe sich, so fuhr er fort, bis heute nichts geändert. Der Tag sei nicht mehr fern, an dem sein Erbe restlos verzehrt sei. Sein einziger Trost sei die

Kanne Wein, die er gelegentlich bei ihm, Hans Schuldt, genieße. Heute aber sei ihm klar geworden, dass er nicht der einzige Pechvogel auf der Welt sei.

Nach dieser ausführlichen Ansprache und dem anschließenden Gespräch wurden Schuldt und Struve Freunde, was allerdings auf ihre Geschäfte keine Auswirkungen hatte.

In den ersten Januartagen des Jahres 1673 gingen die beiden Freunde spazieren, wandelten zum Hafen und sahen sich die Schiffe an. Anschließend schlenderten sie wieder zurück und wollten gerade über die kleine Brücke gehen, die von den Mühren nach dem Katharinenkirchhof führt, als eine Kutsche mit zwei Pferden vorübersprengte. Die Kutsche erreichte die Brücke, und weil diese im Laufe der Zeit morsch geworden war, brach sie ein.

Kutsche und Pferde fielen ins Wasser. Aber nicht nur sie. Auf der Brücke befanden sich außerdem zwei junge Frauen, ein alter Mann und ein Kind. Auch sie fielen ins Wasser.

Sofort setzte eine Rettungsaktion ein, an der sich viele Sonntagsspaziergänger beteiligten - auch Schuldt und Struve. Und wie das Leben so spielt, die beiden jungen Männer retteten die beiden jungen Frauen, die sich, nachdem sie sich ein wenig erholt hatten, als die Töchter des bekannten reichen Zuckerbäckers Jürgen Ahlers vom kleinen Fleet zu erkennen gaben.

Schuldt und Struve brachten die beiden jungen Mädchen nach Hause, und erst danach dachten sie an sich selbst, was nicht zuletzt auch wohl daran lag, dass die Mädchen recht ansehnlich waren.

Die Freunde gingen pudelnass nach Hause, zogen sich um und trafen sich anschließend in der Schenke von Hans Schuldt, um das Abenteuer ausführlich zu besprechen. Dabei kam heraus, dass sich Hans Schuldt für die schwarzhaarige Kathrin Ahlers begeisterte, während Kord Struve für ihre blonde Schwester Lisbeth schwärmte.

Ein paar Tage später erkundigten sich die beiden jungen Männer nach dem Befinden der jungen Damen, was im Hause Ahlers mit Wohlwollen zur Kenntnis genommen wurde.

Es dauerte nicht lange, da erhielten die beiden jungen Herren eine Einladung zu einem Sonntagsessen beim Zuckerbäcker Jürgen Ahlers, der seinen Reichtum fröhlich zur Schau stellte. Es gab Muscheln, gefüllte Pasteten, Elblachs und Reh, und die beiden jungen Herren hätten sich richtig satt essen können, wenn sie nicht immer nur Augen für die jungen Damen gehabt hätten, die ihnen allerdings ebenfalls schöne Augen machten.

Jürgen Ahlers und seine Frau mochten die beiden jungen Männer recht gut leiden. Und so kam es, dass sie häufiger eingeladen wurden. Der Sommer kam, und Hans Schuldt und Kord Struve besuchten die Zuckerbäckerfamilie in ihrem Garten in Billwärder.

Da kann man sich vorstellen, dass die vier jungen Leute ohne besondere Aufsicht durch den Garten wandelten und so manches Wort gesprochen wurde, aus dem hervorging, dass sich Hans und die schwarzhaarige Kathrin ebenso einig waren wie auch Kord und die blonde Lisbeth.

Eines Sonntags zogen sich Hans Schuldt und Kord Struve ihre Festtagskleider an, um bei Herrn Ahlers als Freiwerber aufzutreten.

Ahlers empfing sie freundlich und teilte ihnen mit, dass er dem Glück seiner Kinder nicht entgegenstehen wolle. Allerdings - und nun zog er ein bedenkliches Gesicht - die beiden jungen Herren müssten ihm ihre wirtschaftlichen Verhältnisse offen darlegen.

Da blieb denen nun nichts anderes übrig, als Farbe zu bekennen. Das Einzige, was sie im Augenblick besäßen, gestanden sie, sei die Hoffnung auf bessere Zeiten.

Jürgen Ahlers war betroffen. Aber ihm blieb, wenn er an die Zukunft seiner Kinder dachte, nichts anderes übrig, als die jungen Herren höflich aber bestimmt zur Tür hinauszukomplimentieren.

Hans Schuldt und Kord Struve waren geschlagene Männer. Traurig zogen sie nach Hause. Der Sommer ging dahin. Die jungen Männer bekamen ihre Geliebten nicht mehr zu Gesicht, denn der Zuckerbäcker wusste seine beiden Töchter wohl zu hüten.

An einem Winterabend saßen Schuldt und Struve, denen das Glück immer noch nicht gewogen war, mal wieder bedröbbelt zusammen. Doch mit einem Male schlug Kord Struve auf den Tisch und rief: »So geht es nicht weiter!«

Er erzählte von seiner Wanderschaft als Schlachtergeselle, die ihn auch nach Königsberg in Ostpreußen geführt habe. Dort nun habe sein Dienstherr eine Wurst angefertigt, die dreimal so lang als ein

Kirchturm gewesen sei, was in Königsberg großes Aufsehen erregt habe.

»Kann man ein solches Aufsehen nicht auch in Hamburg erregen?«, fragte Hans Schuldt.

Kord Struve ließ diese Frage auf sich wirken. Dann rief er: »Jesus, Hans Schuldt. Mir kommt ein guter Gedanken. Ich werde eine Riesenwurst herstellen, und die wird dann bei dir in deiner Schenke verspeist.«

Gesagt, getan! Die beiden legten ihr Geld zusammen und gingen zu Werke.

Während Struve, der sich für Leberwurst entschieden hatte, Schweinefleisch, Leber und Gedärme aufkaufte, was rasch gelang, da die Hamburger Schlachtzeit im vollen Gange war, richtete Schuldt in seiner Gaststube, auf der Diele, im Keller, ja sogar in einem im Hof befindlichen großen Schauer mit Hilfe von Fässern und Brettern Sitze und Tische her. Er zapfte seine Weinfässer an, stellte Kannen und Krüge bereit, während Struve mit zehn Gesellen Wurst machte. Sie stopften die Wurstmasse in Därme, die aneinander genäht waren, und kochten sie in einem Kessel eines benachbarten Brauers gar.

Am nächsten Morgen, es war ein Sonnabend, verkündete der Ausrufer, der damals die Zeitung ersetzte, in allen Straßen mit schallender Stimme und mit weithin vernehmbarem Glockenläuten:

»Dat an Sünndag Namiddag, na de Kerkentied, de Wurstmaker Kord Struve en grote Lebberwurst, die wohl hunnert Ellen lang wär, von sin Huus achtern Bredengiebel na den Winschenker Hans

Schuldt's Wahnung in die Pistalerstraat drägen laten wull, um se allda tone sonderbare Kortwiel un Ergetzlichkeet utspelen to laten, wo to jedereen Wustfründ inladen wär, he bring awerst Geld mit!«

Das war Wasser auf die Mühle der Hamburger!

Am Sonntag, lange bevor die Kirche aus war, hatte sich eine zahllose Menschenmenge im Breitengiebel versammelt. Der Platz vor St. Peter und der Straße Speersort war voller Schaulustiger.

Um Punkt zwei Uhr öffnete sich die Tür des Schlachterhauses. Heraus traten vier Ratsmusikanten. Hinterher kam Meister Struve, der zehn Gesellen anführte, die rote Kappen und blendend weiße Schürzen trugen, die geschmückt waren mit bunten Schleifen. Auf ihren Schultern trugen die Gesellen eine hundert Ellen lange Leberwurst.

Es gab einen Umzug durch die Stadt, und danach begann bei Hans Schuldt ein Hamburger Wurstfest. In der Weinschenke war es so voller Menschen, dass kein Apfel zur Erde fallen konnte.

Die Leberwurst schmeckte unwahrscheinlich gut, machte allerdings auch Durst, und der brave Hans Schuldt erntete sehr viel Lob über seinen köstlichen Wein.

Von diesem Tag an war der Bann gebrochen. Schuldt konnte sich fortan vor Gästen nicht retten, in Struves Laden standen die Frauen Schlange. Das Geld floss in die Kassen.

Die beiden Freunde waren durch ihr Wurstfest überall in Hamburg bekannt geworden. Und weil ihnen der Erfolg nicht zu Kopf gestiegen war, mochten die Leute sie leiden und kamen gern.

Aber das Glück der beiden Freunde war getrübt. Hans fehlte die schwarzhaarige Kathrin, Kord die blonde Lisbeth. Da halfen weder Wein noch Wurst.

Am Jahrestag ihrer unglücklichen Werbung stand Hans Schuldt gerade vor seiner Haustür, als plötzlich eine große vergoldete Karosse um die Ecke bog. Sie hielt vor seinem Hause und lud alsbald den dikken Zuckerbäcker Ahlers aus.

Man begrüßte einander, und der Zuckerbäcker sagte: »Mein lieber Schuldt, ich komme, Euch abzuholen. Beeilt Euch aber, denn wir wollen noch Kord Struve mitnehmen.«

Schuldt, ein bisschen verwirrt, warf sich in seine besten Kleider, und schon setzte sich die Karosse in Fahrt. Das nächste Ziel war die Wohnung von Struve, der über den Überfall genauso verdattert war wie sein Freund.

Als die drei in der Karosse saßen, erklärte Ahlers: »Ich muss Euch doch auch sagen, wozu ich Euch abhole. Meine beiden Töchter feiern heute ihre Verlobung und dazu gehört Ihr als deren Lebensretter in erster Linie.«

Man kann sich vorstellen, dass die beiden Freunde völlig verstört waren und am liebsten von der Karosse abgesprungen wären. Doch diesen Mut hatten sie nicht. Die Karosse war zu schnell.

Sie erreichten das Haus des Zuckerbäckers, wurden hineinkomplimentiert und in einen Raum geführt.

Dort nun sprach der dicke Zuckerbäcker: »So, und nun will ich Euch erst einmal die Verlobten meiner Töchter vorstellen. Hier (er zeigte auf Hans

Schuldt) ist der Bräutigam meiner Kathrin.« Er wies auf Kord Struve und fuhr fort: »Und hier ist der Liebste meiner Lisbeth.«

Unter großem Gelächter darüber, dass ihm der Spaß so wohl gelungen war, schob der Zuckerbäcker die beiden Freunde in die Stube hinein, wo seine Familie schon wartete.

Ich brauche Ihnen nicht zu erzählen, dass die zwei Paare glücklich und zufrieden lebten, viele Kinder bekamen und mit ihren Geschäften erfolgreich waren.

Das Rezept der glückbringenden Leberwurst hat sich über Jahrhunderte erhalten. Erst beim großen Brand ist es zusammen mit dem Wurstmachergeschäft ein Raub der Flammen geworden. Damals waren Kord Struve und seine Familie schon lange tot.

Die gute Hamburger Leberwurst wurde zu einer Sage.

Ich aber habe das Originalrezept von Herrn Dr. Albert Borcherdt erhalten. Er hat es nach langer Forschungsarbeit wiedergefunden und in seinem Buch »Hamburger Abende« im Jahre 1899 veröffentlicht. Das Rezept - Wurstmacher guckt genau hin - lautet:

»Nehmt Leber zu Eurer Leberwurst!«

Von der doppelten Liebe der Hamburger zum Bier

Es gibt trübe Quellen, denen wir entnehmen können, dass die Hamburger vielerorts in dem Rufe standen, Trunkenbolde gewesen zu sein. Wir wollen auf diese Quellen nicht eingehen.

Auch die Nachricht aus dem 17. Jahrhundert, aus der hervorgeht, dass sich der Hamburger Bürgermeister Vincent Moller zu Tode getrunken habe, ist in dieser Formulierung nicht richtig. Das Mitleid hat ihn umgebracht.

Vincent Moller hatte Mitleid mit dem unglücklichen Kurfürsten Friedrich von der Pfalz, dessen Wahl zum König von Böhmen den Dreißigjährigen Krieg auslöste. Friedrich musste sich aus dem Staube machen, weil die halbe Welt hinter ihm her war. Er landete an einem kalten Wintertag des Jahres 1621 in Hamburg.

Dort, in der protestantischen Metropole an der Elbe, wurde er, der Protestant Friedrich, gastfreundlich aufgenommen. Zu dieser Gastfreundschaft gehörte es, dass auch alkoholische Getränke auf den Tisch kamen. In diesem Falle waren sie besonders willkommen, um die Sorgen des Kurfürsten zu ertränken. Dabei hat ihm der Bürgermeister Vincent Moller nach Kräften geholfen. Es war sein Pech, dass er nicht so viel vertragen konnte und zusammen mit den Sorgen im Alkohol ersoff. Er fiel um und war tot.

Das aber berechtigt keinen Menschen, mit dem Finger auf den armen Moller zu weisen. Das hätte jedem anständigen Gastgeber passieren können.

Was nun die unbestreitbare Liebe der Hamburger zu ihrem Bier betrifft, so handelt es sich in diesem Falle sogar um eine doppelte Liebe. Denn erstens trinken die Hamburger sehr gern Bier. Und zweitens machen sie gute Geschäfte damit.

Schon im Mittelalter stand Bier an der Spitze des Exports und infolgedessen bei den geschäftstüchtigen Hamburgern so hoch im Ansehen, dass sie ihr Rathaus nach dem im Keller des Hauses ausgeschenkten Bier benannten: Eimbeck'sches Haus.

Aufmerksame Leser werden jetzt stutzig werden. Einbeck ist eine Stadt im heutigen Niedersachsen und weit weg von Hamburg. Die Hamburger aber holten sich das Eimbeck'sche Bier, so lange sie selbst noch kein Bier brauten, das ihren Ansprüchen genügte. Jedenfalls fanden sie es nicht gut genug, was sich aber bald änderte.

Es sollte in diesem Zusammenhang darauf hingewiesen werden, dass die benachbarten Bremer zu jener Zeit ein recht gutes Bier brauten, das zwischen Nowgorod und Gent leidenschaftlich gern getrunken wurde. Dieses war den Hamburgern - wie man sich denken kann - ein Dorn im Auge.

Weil sie aber den Bremern das Bier nicht wegnehmen konnten, verkauften sie ihr etwas minderwertigeres Bier als Bremer Bier, worauf das Bremer Bier einen schlechten Ruf bekam. Das Hamburger Bier aber wurde immer besser, und im Jahre 1369 hatten die etwa 450 Hamburger Brauereien einen Jahresausstoß von ungefähr 170.000 Tonnen Bier.

Es dauerte nicht lange, da war das Hamburger Bier in der ganzen Hansewelt berühmt. Man liebte den würzigen Geschmack, und es soll hier nicht näher untersucht werden, welchen Einfluss das zum Brauen aus den Fleeten entnommene Wasser auf die Würze hatte. Die Fleete gaben ja nicht nur das Wasser. Sie nahmen auch alles auf, was sich an Unrat in der großen Stadt sammelte. Außerdem wuschen die Hamburgerinnen darin ihre Wäsche.

Aber das kümmerte die Biertrinker nicht. Liest man zum Beispiel Berichte aus dem 16. Jahrhundert und aus der Zeit danach, erfährt man, dass sich die Hamburger einen Spaß daraus machten, Bier um die Wette zu trinken. Selbst in der Badewanne verzichteten sie nicht auf ein Bierchen – wie ja die Badewanne, soweit sie sich in einer öffentlichen Badestube befand, ohnehin nicht unbedingt und ausschließlich als ein Ort der Reinigung des äußerlichen Menschen betrachtet wurde, sondern eher als ein Ort des mehr oder weniger harmlosen Vergnügens.

Ein gewisser John Taylor äußerte sich in diesem Zusammenhang ein bisschen abfällig. Er behauptete, das erste Wort, das einem Hamburger Menschlein über die Lippen komme, sei das Wort »Bier«.

Da war Herr Michael Frank ganz anderer Ansicht. Er sagte im Jahre 1590, dass der Hamburger ganz recht daran tue, sein Bier zu lieben, denn allein darauf sei sein feines Aussehen zurückzuführen. Es besteht kein Anlass zu der Vermutung, dass die

Hamburgerinnen von Herrn Frank aus dieser Betrachtung ausgeschlossen wurden.

Anfang des 16. Jahrhunderts gab es 531 Bierbrauer in Hamburg. Und noch heute rechnen es sich die Hamburger hoch an, dass Philipp Melanchthon, der große Freund und Mitstreiter Martin Luthers, auf dem Totenbette im Jahre 1560 als letzte Wegzehrung eine Biersuppe aus Hamburger Bier verlangte.

Er bekam sie und ist dann tatsächlich auch gestorben.

Weinberge an der Palmaille und Bacchus als Kanonenbauer

Ganz sicherlich geschieht dem Wein kein himmelschreiendes Unrecht, wenn immer wieder behauptet wird, dass die Hamburger ihm zwar einen gewissen Respekt nicht vorenthalten, im Übrigen aber lieber ihr Hamburger Bier trinken. Wein wächst nun einmal nicht an der Alster.

Es hat aber an Versuchen nicht gefehlt, in Hamburg Wein zu produzieren.

Schon die Grafen von Schauenburg, die im Jahre 1106 das Regiment in Hamburg übernahmen und sich als tüchtige Herrscher erweisen sollten, wollten an den Hängen der Palmaille Weinberge anlegen. Der Plan wurde dann wohl nicht mit der nötigen Begeisterung aufgegriffen. Vielleicht scheiterte er auch an der Erkenntnis, es sei besser, gute Weine aus fernen Ländern zu importieren und Geschäfte mit ihnen zu machen, als vor der eigenen Haustür einen sauren Wein wachsen zu lassen, den am Ende niemand trinken wolle.

Tatsächlich aber gab es noch einmal zu Beginn des 17. Jahrhunderts einen Versuch, Hamburg zu einer Weinanbaugemeinde zu machen. Das Ergebnis ist bekannt.

Die Hamburger blieben dabei, fremde Weine zu trinken und mit fremden Weinen zu handeln. Schon im 13. Jahrhundert importierten die Hamburger süße Weine aus Spanien. Später gehörten vor allem französische Weine zu den Haupteinfuhrgütern Hamburger Handelshäuser. Im Jahre 1372 wurden in Bordeaux 200 hanseatische Schiffe mit Wein befrachtet - darunter, versteht sich, auch Schiffe aus Hamburg.

Da Hamburg auf diese Weise immer mehr in den Ruf kam, eine Weinstadt zu sein, fingen auch die Hamburger an, Geschmack an diesem Getränk zu finden. Wein machte sogar dem Bier zeitweise Konkurrenz.

Wie anders ist es zu verstehen, dass die Hamburger in ihrem Rathaus, dem sie in liebevoller Verbundenheit zum Bier den Namen Eimbeck'sches Haus gegeben hatten, ihren Ratsweinkeller einrichteten, in dem allerdings einzig Rheinwein, außerdem Einbecker Bier und Braunschweiger Mumme verzapft werden durften?

Es braucht nicht besonders erwähnt zu werden, dass die Hamburger mit ihrem Ratsweinkeller gute Geschäfte machten, ob nun Bier oder Wein ausgeschenkt wurden. So konnten für die Hamburger Artillerie aus den Erlösen des Kellers im Dreißigjährigen Krieg 18 metallene Kanonen und vier Mörser für die Wälle gegossen werden. Jedes dieser Geschütze trug die Inschrift:

Bacchus Safft
Hat diese Krafft,
Das er Mars die Waffen schafft.

Die kunstvolle Poesie stammte - so heißt es - aus der Feder des Kellerhauptmannes Johann Jürgen Flach.

Dem Henker stand ein Plätzchen zu

Im Ratsweinkeller gab es Separatstübchen, die vor allem Prominenten überlassen wurden. Es gab aber auch den allgemeinen Gastraum, der »Henkersstube« genannt wurde.

Der Scharfrichter, dieser gefürchtete und von vielen gemiedene Mensch, durfte in Hamburg kein Wirtshaus betreten, ohne beim Eintreten höflich den Hut zu lüften, zu vermelden, wer er sei, und anzufragen, ob man ihm das Verbleiben gestatten wolle. War auch nur ein Gast dagegen, so durfte kein Kellner den Scharfrichter bedienen. Er musste das Lokal verlassen.

Aber in die allgemeine Trinkstube des Ratskellers durfte er eintreten, bedeckten Hauptes und ohne sich vorstellen zu müssen. Zu jeder Zeit des Tages stand dem Scharfrichter ein Plätzchen zu. Die Küper bedienten ihn anstandslos. Die Mitgäste mussten ihn dulden.

Ein Chronist berichtet, manch ehrsamer Bürgersmann trank dort, neben dem Scharfrichter, der in Hamburg Meister Hämmerling genannt wurde, unangefochten sein Glas in Ehren.

Jedenfalls ging es in der »Henkersstube« im Allgemeinen lustig zu, mit oder ohne Scharfrichter, und keiner nahm ein Blatt vor den Mund.

Weinpanscher im Ratsweinkeller

Hamburger achten aufs Geld, wenn man das mal so positiv sehen will. Denken Sie zum Beispiel an die Kellerhauptleute im Ratsweinkeller.

Es heißt, sie hätten grundsätzlich nur »junge, bleiche und geringe Weine« durch ihre Agenten einkaufen lassen. Die Weine waren billig zu haben, und ebenso schmeckten sie auch. Sie waren sauer, bissen auf die Zunge und im Magen, was man auch »trietzen« nannte.

So geschah es denn, dass diese saure Brühe beim Einzapfen mit Hilfe des dunklen »Barcellona- und Alicante-Weins« gefärbt und gesüßt wurde. Auf diese Weise mag sie dem unverwöhnten Gaumen sehr erquicklich geschienen haben.

Wenn sich allerdings ein Ratsherr in einem der Separatstübchen des Ratsweinkellers einen Wein servieren ließ, wurden ihm die besten Gewächse des Rheins aufgetragen. Denn auch davon hatte der Ratsweinkeller einen großen Vorrat.

In der unterschiedlichen Behandlung der Gäste hat sich im Laufe der Jahrhunderte nichts geändert.

Bacchus als Racheengel

Wie wir wissen, steht der Weingott Bacchus in Hamburg in einem hohen Rang. Nicht nur betuchte Kaufleute verehren ihn. Auch in anderen Gesellschaftskreisen mag man ihn leiden. Einmal aber musste der Hamburger Bacchus sogar als Racheengel herhalten.

Es handelt sich um jenen Bacchus, der einst am Eingang des Ratsweinkellers im Eimbeck'schen Haus stand. Geschaffen hat ihn im Jahre 1770, beim Neubau des Eimbeck'schen Hauses, der schwedische Bildhauer Manstadt.

Wie durch ein Wunder überstand Bacchus den großen Brand im Jahre 1842. Anschließend erhielt er einen Ruheposten in einem öffentlichen Gebäude. Ende des 19. Jahrhunderts fand er eine neue Heimat im heutigen Ratsweinkeller.

Es wird erzählt, Manstadt habe dem Weingott die Gesichtszüge eines Hamburger Ratsherrn gegeben, weil der ihm die Hand seiner Tochter versagt hatte.

Die französische Küche kam gerade recht

Die Hamburger haben sehr früh die französische Küche für sich entdeckt, und gern öffneten sie ihre Tore, wenn ein französischer Küchenmeister davor stand.

Besonders angenehm fanden sie es, wenn sich der Franzose in der Nähe des Eimbeck'schen Hauses niederließ. Das hatte nämlich den Vorteil, dass sich die Gäste des Ratsweinkellers, die im Keller selbst kein Essen bekamen, einige Schüsseln mit leckeren französischen Gerichten kommen lassen konnten.

Dass die Franzosen so gut ins Geschäft kamen, hatte allerdings eine Vorgeschichte.

So um das Jahr 1760 hatte sich ein Hamburger Küchenmeister namens Carsten Vicke eine Unverschämtheit geleistet, die sich sehr lange ausgewirkt hat.

Carsten Vicke, der die deutsche, vor allem aber auch die hamburgische Küche vertrat, hatte Hunde und Katzen so zugerichtet, dass er sie den hungrigen Gästen als Lamm- und Hasenbraten vorsetzen konnte. Er blieb lange unentdeckt, weil er die Gabe besaß, würzige und schmackhafte Saucen herzustellen, die er geschickt über das Fleisch goss.

Aber der Bauer geht so lange zum Kruge, bis er bricht. Und dem Hamburger Feinschmecker ging es ähnlich mit dem Restaurant von Carsten Vicke. Der nämlich hatte in seiner Geldgier ganze Hunds- und Katzenköpfe zu herzhaften Speisen verarbeitet - und das brach ihm den Hals.

Ein Naturkundiger, der zufällig Gast bei Carsten Vicke war, erkannte mit Schaudern den Betrug und zeigte Vicke an.

Ehe jedoch der Gerichtsherr einschreiten konnte, hatte sich Vicke aus dem Staube gemacht. Auf dem Hofplatz seiner Behausung fand man allerdings eine gewaltige Menge von Hunde- und Katzenfellen, so dass der Gerichtsherr die Spitzbüberei zumindest in ihrem ganzen Ausmaß erkennen konnte.

Darum gingen die Hamburger den Restaurants mit regionaler Küche lange aus dem Weg. Sie bevorzugten Restaurants mit ausländischer Küche.

Inzwischen hat sich die Abneigung gelegt, denn Carsten Vicke ist lange tot, genau genommen ist er sogar vergessen.

Doch die Hamburger haben ihren »globalen« Geschmack behalten, was ihnen noch heute als Leuten von Welt gut zu Gesicht steht.

Von Fischern, Fischweibern und einem verschwundenen Freibrief

Es kann schon sein, dass die ersten Hamburger Rentierjäger gewesen sind. Sie haben es aber versäumt, eindeutige Informationen über sich und über das, was damals Hamburg war, zu hinterlassen. Infolgedessen zählen sie nicht mit.

Darum lassen Sie uns aber mal davon ausgehen, dass es Fischer waren, die als Erste an der Alster siedelten. Ihre Hütten standen ungefähr dort, wo sich heute das Rathaus erhebt und wo sich der Alte Fischmarkt befindet - also mitten in der Altstadt. Der Alte Fischmarkt ist der älteste Marktplatz Hamburgs. Er wurde bereits im Jahre 1357 gepflastert, was einiges über die Bedeutung des Marktes aussagt, denn mit dem Pflastern hatten sie es damals nicht eilig.

Die Geschichte der Hamburger Fischerei begann unspektakulär. Die Hamburger Fischer bedienten sich ungeniert aus Elbe, Alster und Bille, was sich aber - wie Sie sich denken können - nicht unendlich fortsetzen ließ. Die Menschheit bestand auch damals nicht nur aus Fischern, sondern unter anderem auch aus Juristen und Verwaltungsspezialisten.

Die einen ließen sich Gesetze einfallen, die anderen verwalteten sie. Dazu gehörten auch die Fischereirechte, die man sich - wenn man fischen wollte - gewähren lassen musste. Und zwar von höchster Stelle, denn die höchsten Stellen wollten ja auch leben.

Um das zu begreifen, muss man zeitlich ein wenig zurückgehen. Zu Beginn des 12. Jahrhunderts übernahmen die Schauenburger, die aus der Gegend von Bückeburg stammten, das Regiment in Hamburg, das ihnen von Kaiser Lothar III. verliehen worden war.

Graf Adolf I. baute die Alsterburg aus. Graf Adolf II. verdrängte die Slawen, die sich nach Osten hin orientieren mussten. Graf Adolf III. gründete die Hamburger Neustadt, indem er ein nicht mehr genutztes Gelände einer Gruppe von Unternehmern zu freiem Eigentum übertrug. Sie sollten dort eine Kaufmannssiedlung mit einem Hafen anlegen. Ihm fielen noch einige andere Privilegien ein, unter anderem eben auch die Fischereirechte auf der Elbe im Umkreis von zwei Meilen und auf der Bille.

Damit die Sache auch in Ordnung gehe, entschloss sich der Graf, der ohnehin an einem Kreuzzug unter Kaiser Barbarossa teilnehmen wollte, beim Kaiser einen entsprechenden Freibrief für Hamburg zu erwirken. Er traf den Kaiser in Neuburg an der Donau, wo er am 7. Mai 1189 den Freibrief erhielt. Jedenfalls behauptete er das nach seiner Rückkehr, denn - so sagte er - der Freibrief sei während der Reise leider verloren gegangen. Der Kaiser, der einzige Zeuge, war inzwischen in dem Flusse Saleph in Südanatolien ertrunken. Der Saleph heißt heute Göksu - aber das spielt für uns keine Rolle.

Tatsächlich scheint es einen solchen Freibrief, der die Grundlage bildete für die künftige Entwicklung der Stadt Hamburg, gar nicht gegeben zu haben. Adolf hat geschummelt - zum Wohle der Stadt. Als die Sache herauskam, war Hamburg wirtschaftlich und politisch längst obenauf.

Die Fischerei auf Elbe und Bille hat heute keine Bedeutung mehr.

Zu den angesehensten Außenhandelskaufleuten der Stadt gehörten im Mittelalter die Schonenfahrer. Das waren jene Männer, die an der Küste der schwedischen Provinz Schonen den Heringsfang betrieben.

Die Schonen-Heringe waren die besten Heringe der Welt. Sie wurden als Salz- und auch als Räucherheringe gegessen, und das nicht nur von den Hamburgern allein. Der Hering, eine beliebte Fastenspeise der Katholiken, wurde mit gutem Gewinn bis weit ins Land hinein verkauft.

Aber es gab nicht nur Heringe.

Island lieferte den Hamburgern Stockfisch, Kabeljau und Dorsch, der ein junger Kabeljau ist, während der Stockfisch nichts weiter ist als ein getrockneter Kabeljau, im Gegensatz zum Klippfisch, einem ungesalzenen Kabeljau.

Nach so viel Kabeljau bekommen wir Appetit auf Lachs, und siehe da, mit Beginn des 17. Jahrhunderts lieferte Island den Hamburger auch Lachs.

Karpfen wurde in Hamburg gern gegessen - mit besonderer Vorliebe zu Silvester. Den größten Umsatz aber hatten die Hamburger Fischer mit dem Stör.

Der Stör war ein Allerweltsfisch. Man muss sich das mal vorstellen: Der Hafen war voll von diesem bis zu sechs Meter lang werdenden Fisch, der gekocht, gebraten oder geräuchert sehr wohlschmeckend ist. Seine Eier, der Kaviar, werden heute als Delikatesse ebenso hoch geschätzt wie teuer bezahlt. Aber ausgerechnet jetzt schwimmt der Stör nicht mehr im Hamburger Hafen.

Damals, so um 1860 herum, war der Stör einer der wohlfeilsten Fische. In einem Hamburg-Führer aus dem Jahre 1861 heißt es:

»An der Holzbrücke werden Massen von Stören, sechs bis sieben Fuß lang und darüber, ans Land gezogen und abgestochen. Man hat sie bis dahin mittels um die Kiemen gelegter Stricke hinter den Elbkähnen hergeschleppt, welche dort auch Früchte u. dergl. ausladen. Dicht bei der Holzbrücke ist der Hopfenmarkt; hier werden zwei Reihen Markthallen, gefüllt mit Fleischerwaren, Gemüse u. dergl. von dichten Reihen der Fischweiber umlagert. Die Störschlachter halten ihr Kalb-, Ochsen-, Schweine- und sonstiges Fleisch sowie ihre Karbonaden usw. feil; alles wunderlicherweise vom Stör geschnitten, der diese verschiedenen Fleischsorten auf seinem Leibe täuschend ähnlich tragen soll. Später kauft man das Störfleisch auch noch geräuchert in etwa acht bis zehn Zoll langen Streifen, von Ansehen die Mitte zwischen Lachs und Speck haltend, doch ohne einen ordentlichen Schnaps nicht wohl hinunter zu bringen.«

Bei der Gelegenheit wird auch auf die Fischweiber hingewiesen, die »Dorsch, Bütt, Seezungen, Schollen, Aale u. dergl.« feilhalten. »Letzteren schneiden sie mit aller Gemütsruhe zu Dutzenden die Köpfe ab, streifen ihnen die Haut herunter und unterhalten sich dabei; eine Arbeit, die oberflächlich wie Strumpfstricken mit Konversation aussieht.«

Hummel, Hummel …

Die Unentbehrlichkeit des Wassers ist uns heute gar nicht so sehr gegenwärtig, weil wir, faul wie wir sind, nur den Wasserhahn bzw. den Wasserkran aufzudrehen brauchen, um das köstliche Nass in unbeschränkter Menge in unsere Töpfe, Badewannen und Gläser laufen zu lassen.

Bisher hat der Wasserhahn in unserem Lande, von kleinen Misshelligkeiten dann und wann abgesehen, noch nie versagt, was wir uns auch nicht wünschen sollten.

Das war früher mal, wie Sie wissen, wenn Sie sich ein bisschen in der Geschichte auskennen, ganz anders. Die Leute holten sich das Wasser aus den Fleeten oder aus den Brunnen, falls sie das Glück hatten, einen Brunnen in ihrer Nähe zu wissen.

In dieser Zeit lebte Johann Wilhelm Bentz.

Bentz war im Jahre 1786, im Todesjahr Friedrichs des Großen, geboren worden. Er war der uneheliche Sohn eines armen Mädchens, das Anna Maria hieß.

Nachdem er sich auf eigene Füße gestellt hatte, wohnte er an der Großen Drehbahn. Er war arm wie eine Kirchenmaus, und außerdem hatte er eine kleine Macke, die sich aber als völlig harmlos erwies.

Bentz, der später Hummel genannt wurde, wir werden noch erfahren warum, war ein einfacher Wasserträger, der es zur weltberühmtesten Persönlichkeit Hamburgs bringen sollte.

Seine Aufgabe war es, Wasser aus dem auf dem Gänsemarkt stehenden Stadtbrunnen an bestimmte Kunden zu liefern. An Waschtagen schöpfte er weiches Wasser aus der Binnenalster. Sein Absatzgebiet war im Wesentlichen die Dammtorstraße, der Dragonerstall und der Wall.

Er trug auf dem Kopf einen schwarzen Zylinder, im Volksmund »Angströhre« oder »Fiefliterhoot« genannt. Über der Schulter trug er die »Tracht« mit den daran hängenden Wassereimern, die hin- und herschlenkerten, so dass die Hälfte des Wassers unterwegs verschüttet wurde, was ihm aber nichts ausmachte.

Johann Wilhelm Bentz war ein fröhlicher Typ, der seinen Weg durch die Stadt mit lautem Gesang begleitete. Von Zeit zu Zeit unterbrach er seine musikalische Tätigkeit, um auf seine Waren aufmerksam zu machen. »Woter!«, rief er. »Woter!«

Dass ihn die Straßenkinder neckten, nahm er gelassen. »Kinner woll'n ja auch ihren Spaß haben!«

Eines Tages starb sein Vater, der ihm 300 Silbertaler hinterließ, so dass Bentz - wenn auch vorsichtig - daran denken konnte, sich eine Frau zu nehmen. Denn ein Mann ohne Frau - so dachte er sich - ist nur ein halber Mann.

An einem Augusttag saß Bentz in der Walfängerkneipe »Zum blauen Wasser« und bestellte sich einen Kümmel. Die Serviererin, die Hummel hieß, machte ihm schöne Augen. Johann Wilhelm Bentz wurde mutig. Er begann der Schönen zuzutrinken, und wie das Leben so spielt, von einem Kümmel zum anderen waren die beiden ein Liebespaar.

Bentz glaubte, im siebten Himmel gelandet zu sein, zumal die Beziehung über mehrere Tage dauerte. Doch am Ende der Woche, als Bentz dem Mädchen einen Heiratsantrag gemacht hatte, sagte es: »Heiraten ist schön und gut, aber kannst du denn eine Familie ernähren?«

Bentz zog ein überlegenes Gesicht und sprach von seinem Vermögen, was Hummel ihm nicht glauben wollte. Erst als sie die 300 Silbertaler sah, zeigte sie sich interessiert, und beiläufig meinte sie, unter diesen Umständen, und da sie sowieso bald zusammenzögen, könne er ihr das Geld schon gleich anvertrauen. Bei ihr sei es sicher aufgehoben.

Bentz gab ihr arglos das Geld - und seitdem waren sie alle verschwunden, das Mädchen Hummel und die Silbertaler. Hummel soll sich mit einem Walfänger aus dem Staube gemacht haben.

Von diesem Tage an wurde Hummel wunderlich. Dass das Geld nicht mehr da war, konnte er verschmerzen, aber dass Hummel ihn im Stich gelassen hatte, das ging über seinen Horizont. Und wenn er mit seinen Wassereimern durch die Straßen ging, sang er nicht mehr, wie zu alten Zeiten, er redete vor sich hin.

»Woter!«, rief er. »Woter!« Und dann begann er zu reden: »Hummel! Hummel! Liebe gute Hummel, wo bist du?«

Die Straßenkinder merkten bald, dass Bentz aus dem Gleichgewicht geraten war. Es dauerte nicht lange, da riefen sie ihm, wenn er mit seinen Wassereimern angeschleppt kam, ein provozierendes »Hummel! Hummel!« entgegen.

Der liebeskranke Wasserträger, der sich von seiner Wasserladung nicht trennen und sich infolgedessen auch nicht wehren konnte, machte seinem Ärger mit einer hamburgischen Variante des Götz-Zitats wenigstens akustisch etwas Luft. Er rief wütend zurück: »Mors! Mors!«

Dieses »Hummel, Hummel!« - »Mors! Mors!« wurde zum Gruß der Hamburger in aller Welt.

* * *

1848 wurde die Wasserkunst in Rothenburgsort eröffnet. Nach und nach verlor Johann Wilhelm Bentz seine Einkünfte. Zuletzt konnte er nicht einmal mehr seine Schlafstelle bezahlen, so dass er ein Asyl im Werk- und Armenhaus erhielt. Dort ist er am 15. März 1854 gestorben, was den »Hamburger Nachrichten« eine Meldung wert war.

Zitronenjette

Zitronenjette war keine gebürtige Hamburgerin. Sie stammte aus Dessau, wo sie am 18. Juli 1841 geboren worden ist. Sie hieß Johanne Henriette Maria Müller. Aus ihrem Vornamen Henriette entwickelte sich die »Jette«.

Zitronenjette aber wurde sie genannt, weil sie mit Zitronen handelte. In den achtziger und neunziger Jahren des 19. Jahrhunderts gehörte sie zum Hamburger Stadtbild. Jeder kannte sie, jeder mochte sie. Nur die Straßenkinder bereiteten ihr Sorgen. Sie verhöhnten sie und versuchten dauernd, die saubere Decke von ihrem Zitronenkorb zu reißen.

Zitronenjette war 132 Zentimeter groß und wog 35 Kilogramm. Sie trug stets einen kurzen Rock, der eben ihre Knie bedeckte. Darüber trug sie eine blaue Schürze.

Meistens zog sie durch die Innenstadt und durch St. Pauli. Tagsüber handelte sie auf der Straße. Abends besuchte sie die Kellerkneipen des Hamburger Vergnügungsviertels. Wo auch immer sie erschien, hörte man ihr wehleidig vorgetragenes »Zitroon! Zitroon!«

Mitleidige Seelen kauften ihr eine oder mehrere Zitronen ab, und ausführlich soll sie später erzählt haben: »50 Zitronen hab' ich für 60 Pfennig eingekauft und dabei 1,90 Mark, einen Groschen weniger als zwei Mark, verdient!«

Sie konnte ein bisschen lesen und schreiben, jedenfalls war sie nie schwachsinnig, wie einmal eine

Zeitung geschrieben hat. Damals war sie schon in der Friedrichsberger Anstalt, wo sie mit kleineren Arbeiten beschäftigt wurde.

In die Anstalt war sie offensichtlich gebracht worden, weil sie den Alkohol allzu sehr liebte. In den letzten Jahren vor ihrer Einweisung nach Friedrichsberg gehörte die Kümmelflasche zu ihren unentbehrlichen Requisiten. Manchmal schwankte sie beträchtlich, was nun wiederum die Kinder mit großem Vergnügen zur Kenntnis nahmen.

Zitronenjette ist am 8. Juli 1916 in Friedrichsberg gestorben.

Sie hat ein stilles und überwiegend freudloses Leben gelebt. Als sie einmal gefragt wurde: »Was ist Liebe?«, soll sie gesagt haben: »Das kenn ich nicht. Ich geh meinen Handel nach und kümmer mich um kein Menschen.«

Es ist nicht geklärt, ob die »Hamburger« Hamburger sind

Normalerweise spricht man in Norddeutschland vom »Brötchen«. Jeder weiß, was damit gemeint ist. Nur die Hamburger nennen das Brötchen »Rundstück«, was auch ganz logisch ist.

Hamburger Rundstücke sind eben keine Brötchen. Sie sind, wie der Namen sagt, rund und haben keine Falte. Hamburger Rundstücke gab es schon während des Dreißigjährigen Krieges, was allerdings auf den Verlauf des Krieges keine Auswirkungen hatte.

Bekannter als das Rundstück selbst ist das »Rundstück warm«, das ursprünglich eine Art Resteessen war. Die Rundstücke wurden zusammen mit Bratenresten, meistens vom Sonntag, gegessen, jedoch nur mit den Bratenresten vom Schwein.

Daraus hat sich folgendes Rezept entwickelt: Rundstücke werden aufgeschnitten, mit einer Scheibe Schweinebraten belegt und mit kochender Sauce übergossen.

Selbstverständlich kann das Rundstück warm sein, wenn es zum Beispiel nicht mehr ganz frisch ist und im Ofen aufgebacken wird. Ebenso selbstverständlich kann auch die Bratenscheibe warm sein.

Jedenfalls ist die Sauce etwas hinderlich, wenn man das »Rundstück warm« mit den Händen essen will.

Es drängt sich die Vermutung auf, dass hier die tiefere Ursache für jenen Streik liegt, der im Jahre 1874 von den Hamburger Bäckergesellen angezettelt wurde. Sie forderte unter anderem, am Tische ihrer Meister endlich mit Messer und Gabel essen zu dürfen. Hamburger Lebensart!

Die Frage, ob das »Rundstück warm« Pate gestanden hat bei der Geburt des ebenso weltberühmten wie berüchtigten »Hamburgers« amerikanischen Zuschnitts, kann nicht eindeutig beantwortet werden. Andererseits: Warum sollten »Hamburger« keine Hamburger sein?

Das Hamburger »Rundstück warm« gehörte zum Speiseplan auf den Auswandererschiffen, Windjammer zumeist, die im 19. Jahrhundert zwischen Hamburg und Nordamerika verkehrten.

Wer vermag zu sagen, ob nicht der gemeinsame Weg der Rundstücke und der Fleischreste ohne große Umstände und unter Umgehung des »Rundstücks warm« zur Frikadelle führte, die zwischen die beiden Hälften des Rundstücks gepappt wurde und den unsterblichen Namen »Hamburger« erhielt? Unmöglich ist das nicht.

Eine gewisse Spur führt aber auch in die napoleonische Zeit.

Damals trugen die Hamburger Blumenhändler lange Mäntel, deren Farben bei einiger Phantasie, die man ja den Franzosen zubilligen muss, an frisch gehacktes Fleisch erinnerten.

Die Franzosen, die in Hamburg einquartiert waren, lachten sich kaputt über die komischen Mäntel der Blumenhändler. Sie nannten sie »Hamburger« - die Mäntel oder die Blumenhändler, das weiß man heute nicht mehr so ganz genau.

Doch wo - zum Teufel - ist in der französischen Version das Rundstück geblieben?

Eine Pfanne Bratkartoffeln und zwölf gute Hamburger Bürger

Warum der Schiffszimmerer Klas Wilkens unbedingt nach Amerika auswandern wollte, ist nicht nachzuvollziehen. Immerhin war Wilkens nicht mehr der Jüngste. Er hatte eine recht gut bezahlte Arbeit in Hamburg, und was ihm und seiner Familie Amerika bringen werde, stand in den Sternen. Aber Wilkens wollte weg, und so kam es, dass die Wilkens ihre Siebensachen packten und an einem Donnerstag, es muss um 1870 gewesen sein, auf ein Auswandererschiff kletterten.

Ihre Tochter Sophie Wilkens aber nahmen sie nicht mit. Sophie war damals ein junges Mädchen, das ihr Geld als Hilfe der Kochfrau im Hause eines Kaufmanns an der Elbchaussee verdiente.

Warum Klas Wilkens seine Tochter nicht mitgenommen hat, kann nicht mehr geklärt werden. Tatsache ist, dass sie gern mitgefahren wäre, denn sie war recht unternehmungslustig.

Zeit ihres Lebens hat sie den Augenblick nicht vergessen, da sie im Hamburger Hafen stand und zusehen musste, wie das Schiff mit ihren Eltern, die sogar den Hund mitgenommen hatten, von der Kaje ablegte und um die nächste Biegung verschwand.

Sophie Wilkens blieb allein und heulte in ihr kariertes Taschentuch hinein.

Danach aber gab sie sich einen Ruck, knüllte das Taschentuch zusammen und ging schnurstracks an ihren Arbeitsplatz an der Elbchaussee. Dort briet sie sich eine große Pfanne mit Bratkartoffeln. Nachdem sie die gegessen hatte, war ihr wohler.

Ein paar Jahre später hat sie den abgebrochenen Theologiestudenten und Werftarbeiter Maximilian Schulz geheiratet. Sie hatten gemeinsam dreizehn Kinder und haben damit die Bevölkerungsstatistik der Stadt Hamburg nicht unerheblich in die Höhe getrieben. Denn alle wurden gute Hamburger Bürger - abgesehen von der jüngsten Tochter, die für den Unterschied zwischen der Anzahl der Schulz'schen Kinder und der Überschrift dieses Beitrages verantwortlich ist. Sie heiratete aus Liebe nach Bremen, was ihr aber - von kleinen boshaften Bemerkungen abgesehen - von den Verwandten nicht übel genommen wurde.

Tafelmusik

Der Dirigent Hans von Bülow (1830–1894) war in den Jahren nach 1887 Leiter der Abonnementskonzerte in Hamburg. Es versteht sich, dass er in Kaufmannskreisen zu den bevorzugten Gästen gehörte, wenn es hieß, eine Gesellschaft mit Prominenten zu schmücken.

So kam es denn, dass Hans von Bülow häufig zu abendlichen Essen eingeladen wurde, was ihm im Grunde durchaus recht war. Die Hamburger Kaufleute waren gute Gastgeber und wussten ihre Gäste zu verwöhnen.

Wenn nur die Tafelmusik nicht gewesen wäre, auf die viele Kaufleute nicht verzichten wollten.

Einmal war Bülow wieder zum Essen mit Musik eingeladen. Das Essen schmeckte vorzüglich. Doch vor dem Hauptgericht winkte Bülow den Kapellmeister zu sich heran.

Er tupfte sich den Mund ab und fragte den Kollegen: »Würden Sie mir zuliebe spielen, worum ich Sie bitte?«

»Mit größtem Vergnügen«, erwiderte der Kapellmeister.

»Das habe ich mir gedacht«, meinte Bülow daraufhin. »Dann spielen Sie bitte, so lange ich esse, Domino.«

Kleine Lektion

Der Kaufmann Edgar Roß, der im 19. Jahrhundert einen Landsitz in Blankenese bewohnte, kehrte eines Abends etwas spät aus seinem Büro nach Hause zurück.

Der Diener meldete ihm den Besuch zweier junger Herren, die adeligen Familien entstammten. Es waren Familien, die Roß aus seiner Zeit, als er der Frankfurter Nationalversammlung angehört hatte, recht gut kannte.

Roß ließ die jungen Herren in den etwas dämmerigen Salon führen, wo er sie kurz begrüßte und sie dann zum Abendessen einlud. Er fügte hinzu, bis dahin werde es nicht lange dauern, er wolle eben nur noch seine Kleidung wechseln.

Der Kaufmann, der aus einem schottischen Geschlecht stammte, pflegte abends, auch wenn er mit seiner Familie allein war, den Frack anzulegen, während seine Frau in der entsprechenden Gesellschaftstoilette erschien.

Die beiden adeligen Herren wurden in das Speisezimmer geführt. Sie wurden der Dame des Hauses vorgestellt, und erst jetzt bemerkten Edgar Roß und seine Frau, dass die beiden Herren etwas heruntergekommen wirkten. Sie saßen verlegen ohne Kragen und in zerdrückten Hemden auf ihren Plätzen und wussten nicht, wo sie hingucken sollten.

Das Ehepaar Roß verzog keine Miene, und im Laufe des Abends legte sich denn auch die Verlegenheit der jungen Leute. Sie erzählten von ihrer Reise, genossen das Essen wie die edlen Weine, und auch das Personal nahm keinen Anstoß.

Nach dem Essen verabschiedete sich die Dame des Hauses. Die drei Herren bleiben allein - der Herr im Frack und die etwas heruntergekommenen Adelszöglinge.

Was der Hausherr danach, bei Cognac und Zigarren, den beiden jungen Herren gesagt und wie er sie anschließend verabschiedet hat - das haben die drei stets für sich behalten.

Über die Liebe der Hamburger zum Rauchfleisch

Hamburg besitzt eine ganz besondere und in allen Gesellschaftsschichten gleichermaßen beliebte Spezialität, die an Deftigkeit nichts zu wünschen übrig lässt. Es handelt sich um das Rauchfleisch, das bedauerlicherweise in unserer Zeit, in der das Alte gern missachtet wird, etwas in Vergessenheit geraten ist.

Über die Liebe der Hamburger zu dieser Köstlichkeit hat sich schon Heinrich Heine verbreitet.

Heine bezeichnete die Elbmetropole als die Vaterstadt des Rauchfleisches, und nicht ohne leisen Spott meinte er, Hamburg rühme sich dessen, wie Mainz sich eines Johann Fusts und Eisleben sich seines Luthers zu rühmen pflege. »Aber was«, so fragte er, »bedeutet die Buchdruckerei und die Reformation in Vergleichung mit dem Rauchfleisch?«

Er hat selbst die Anwort auf diese Frage gegeben: »Ob beide Ersteren genutzt oder geschadet, darüber streiten zwei Parteien in Deutschland; aber sogar unsere eifrigsten Jesuiten sind eingeständig, dass das Rauchfleisch eine gute, für die Menschen heilsame Erfindung ist.«

Man könne, sagte ein Hamburger Kaufmann in fröhlicher Runde und angesichts einer Riesenportion Rauchfleisch auf seinem Teller, man könne über Heinrich Heine denken, wie man wolle. Aber in diesem Falle habe er unbedingt Recht.

Und der Kaufmann wünschte allseits einen guten Appetit.

Schwere Wahl

Zwei Handelsherren hatten sich zu einem Arbeitsessen bei Cölln eingefunden und studierten, da sie einander noch nicht so genau kannten und infolgedessen nicht wussten, wie weit sie in ihren Ansprüchen an ein Mittagessen gehen durften, etwas hilflos die Speisekarte, so dass sich der aufmerksame Ober veranlasst sah, einzugreifen.

»Wir haben ganz frische Austern«, sagte er. »Sehr zu empfehlen. Oder Hummer? Wie wäre es mit Hummer, meinen Herren? Wir haben aber auch Krebse und Kaviar.«

Die beiden Herren hörten sich das mit freundlichem Kopfnicken an, und nach kurzem Zögern meinte der eine: »Ach, Herr Ober, mir bringen Sie man wieder ein Steak. Da weiß ich, was ich hab.«

Daraufhin atmete der andere erleichtert auf und sagte: »Und mir auch, Herr Ober, und Sie wissen ja: Medium.«

Radieschen-Party

Der Kaufmann Carl Hansing von Hansing & Sohn hatte sich, nachdem er in die Jahre gekommen war, mehr und mehr aus seinem Geschäft zurückgezogen, das er bei seinem Sohn in den besten Händen wusste.

Sehr viel Zeit verbrachte er seitdem in seinem Garten, den er - als sparsamer Hausvater - über weite Strecken als Nutzgarten angelegt hatte.

Einmal hatte er - seine Frau war zur Kur in Meran - zum Abendessen einen ihm auch geschäftlich verbundenen unverheirateten Freund eingeladen.

Der Freund, ein Herr Johannes Schröder von der gleichnamigen Firma, fand sich in froher Erwartung eines festlichen Menüs und entsprechend gekleidet, nämlich im Frack, zur vereinbarten Zeit ein.

Man nahm einen Aperitif, betrat anschließend den Esssalon, setzte sich, und der Gastgeber ließ den Hausdiener mit großartiger Geste - Radieschen auftragen.

Nur Radieschen, nichts weiter.

Die Augen des Gastgebers leuchteten.

»Es sind«, so verriet er seinem Gast, »die ersten diesjährigen Radieschen aus meinem Garten. Ich wollte sie nicht allein genießen. Da dachte ich an dich.«

Es spricht für den Gast und für hamburgische Lebensart, dass ihm in keinem Augenblick der Gedanke kam, für die Radieschen etwas zu festlich angezogen zu sein.

Es spricht aber auch für hamburgische Lebensart, dass Carl Hansing nach den Radieschen und einer gebührenden Pause ein erlesenes Menü mit den entsprechenden Weinen servieren ließ.

Besuch am Abend

Erna Bruns stand in ihrer Küche inmitten von Klüten und Rauchfleisch und war damit beschäftigt, ein paar herzhafte Butterbrote zu schmieren, als ihre Cousine Elfriede ankam und nach einem kurzen und sachkundigen Blick in die Runde meinte: »Oh, ich stör wohl, du kriegst heut Abend Besuch, nich?«

Erna hielt kurz inne und antwortete: »Nee, Elfriede, du störst überhaupt nich, und von Besuch weiß ich nix. Ich mach nur das Abendbrot für meinen Karl.«

Notwendige Zutat

»Wenn Birnenzeit ist«, erzählte Frieda Möhlenkamp, »dann gibt's bei uns immerzu Birnen, Bohnen und Speck. Wissen Sie, ich ess ja die Birnen so gern gekocht. Und was mein Mann ist, der will sich dumm und dösig essen an Speck. Nur die Bohnen, die mögen wir alle beide nicht. Aber die gehören da nu mal rein.«

Hamburger Aalsuppe – und wie Fremde darauf reagieren

Ein Manager, der aus Hamburg stammte, und zwar in der vierten Generation, hatte seine über ganz Deutschland verstreute Verwandtschaft zu einem Familientreffen in ein feines Hamburger Hotel eingeladen. Das Treffen war, wie es sich gehört, verbunden mit einem zünftigen Essen.

Dabei wurde auch Hamburger Aalsuppe aufgetragen, und einer der Neffen des Wirtschaftsmannes verzog angesichts dieser Köstlichkeit das Gesicht. Er fragte: »Kann man so was essen? Ich meine, schmeckt die Suppe denn?«

Daraufhin antwortete der Gastgeber: »Schmecken? Darum geht es doch wohl nicht. Aalsuppe, die mag man. Oder die mag man nicht. Doch gegessen wird sie immer.«

Sie sehen daran, dass Aalsuppe im Grunde genommen in Hamburg überhaupt kein Thema ist.

Dennoch kommt es vor, dass eine Aalsuppe unter Hamburgern endlose Diskussionen auslöst. Denn obwohl sie zu den uralten Lieblingsgerichten der Hamburger gehört, hat man sich immer noch nicht auf ein einheitliches Rezept einigen können. Man will das wohl auch gar nicht.

Dabei kreisen die Auseinandersetzungen nicht etwa um die Frage, ob junge Sellerieblätter in die Suppe gehören oder ob man etwas mehr Majoran als Thymian verwenden sollte oder umgekehrt. Es geht um Grundsätzliches, nämlich darum, ob die

Aalsuppe dem Aal ihren Namen verdankt oder einem Missverständnis.

Dazu gibt es eine Geschichte, die in einem reputierlichen Restaurant passiert ist.

Ein Gast, offenkundig kein Hamburger, sondern, dem Dialekt nach, im Südwesten Deutschlands beheimatet, hatte, getrieben von kulinarischer Neugier, eine Hamburger Aalsuppe bestellt.

Er ließ, nachdem er sie gekostet hatte, mit einer winkenden Handbewegung den Ober kommen. Er setzte sich in Positur, wies auf die Aalsuppe und äußerte seine Verwunderung darüber, dass er in ihr, deren Ruhm bis in seine ferne Heimat gedrungen sei, alles Mögliche gefunden habe, aber leider keinen Aal.

Daraufhin hielt ihm der Kellner, ein waschechter Hamburger, schlagfertig und vertraut mit den Merkwürdigkeiten seiner Vaterstadt, folgende Rede:

»Mein Herr, das mit dem ohne Aal, das hat schon seine Richtigkeit. Denn Aal gehört da ja eigentlich gar nicht rein, was damit zu tun hat, dass die Aalsuppe Aalsuppe heißt, weil da aal'ns drin ist, eben mit Ausnahme vom Aal.« Und weil ihm die Enttäuschung auf dem Gesicht des Gastes nicht entgangen war, fügte er tröstend hinzu: »Aber natürlich können Sie auch Aal in die Aalsuppe tun. Verderben tun Sie damit nichts.«

Höchste Steigerung eines Abendessens

Ein Hamburger Kaufmann, der zwischen den Kriegen als Gastgeber und Gast gleichermaßen in hohem Ansehen stand und ohne den man sich eine größere Tischgesellschaft überhaupt nicht vorstellen konnte, gab eines Tages in seinem Haus an der Elbchaussee ein größeres Essen, das sich durch die Vielfalt der Gänge ebenso auszeichnete wie durch die erlesene Zubereitung der einzelnen Speisen.

Als nun eben - zu Ehren eines auswärtigen Gastes - eine Hamburger Aalsuppe herein- und aufgetragen wurde, wandte sich die junge Frau eines Konsuls dem Hausherrn zu. Sie lobte seinen und seiner Frau Gemahlin Geschmack und pries in hohen Worten die Gastfreundschaft des Hauses.

Ihre Worte schienen - jedenfalls nach Ansicht des Hausherrn - ein bisschen zu euphorisch ausgefallen zu sein.

Der Kaufmann lächelte fein, hörte sich die Ovation einen Augenblick an, beugte sich dann aber zu der jungen Dame hin, die - wie er wusste - keine gebürtige Hamburgerin war, sondern aus dem Rheinland stammte, und sagte leise:

»Ich muss Ihnen ein Geständnis machen, meine Gnädigste. Sie dürfen mich aber nicht verraten.« Er machte eine kleine Pause und meinte dann: »Das Allerschönste an so einem Abend und an einer Aalsuppe ist, wenn ich in der darauf folgenden Nacht aufwache. Dann werf' ich rasch meinen Morgenrock über, geh' in die Küche und - ess den kalten Suppenrest.«

Immer Geld in der Börse

Bei Matthiessens gab es regelmäßig Silvester einen Karpfen. Und ebenso regelmäßig pflegte Friedrich Matthiessen, das Oberhaupt der Familie, am Ende des Essens eine Schuppe des Karpfens in seiner Geldbörse zu deponieren.

Jedesmal sagte er, Frau Matthiessen mochte es gar nicht mehr hören: »So, nun werde ich das kommende Jahr immer Geld in der Börse haben.«

Einmal fragte ihn sein inzwischen zehnjähriger Enkel: »Stimmt das auch?«

Friedrich Matthiessen nickte und antwortete: »Gewiss stimmt das. Du musst nur darauf achten, dass du immer weniger Geld ausgibst als du hast.«

Kochkunst an Bord

Der Reis war man schon etwas muffig, und das Hühnerfleisch hatte auch ein bisschen zu lange gelegen.

Schon das waren zwei unbestreitbare Tatbestände, die den Ersten anlässlich einer Kücheninspektion doch etwas bedenklich stimmten.

Immerhin befand sich der Frachtdampfer, dessen Name hier nichts zur Sache tut - er fuhr unter der Flagge der Hapag - mitten auf dem Atlantik und fernab jeglicher Einkaufsmöglichkeiten.

Der Schiffskoch allerdings sah die Dinge gelassen.

»Machen Sie sich nix draus, Stüermann«, tröstete er den Ersten. »Ich hau' da'n orntlichen Schlag Curry ran. Dann merkt das kein Mensch.«

Durstig

Hein Petersen und Fritz Wübbeking, beide Werftinspektoren, waren nach einem ziemlich heftigen Umtrunk beim Kapitän eines englischen Frachters abends spät von Bord gegangen. Dabei passierte es Hein Petersen, dass er mitten auf der Gangway das Gleichgewicht verlor. Er fiel - zwischen Schiff und Kaje - ins Wasser, wobei ihm zugute kam, dass sein Zustand bereits den Einsatz von Schutzengeln hatte notwendig werden lassen. Hein Petersen tat sich nichts. Er konnte sich auch festhalten. Dennoch war seine Lage ungemütlich. Er rief um Hilfe.

Fritz Wübbeking, der beim Verlassen des Schiffes vorangegangen war und sich beim Erreichen der Kaje umgeguckt hatte, wunderte sich, dass er Hein Petersen nicht gewahr werden konnte. Die Hilferufe ließen ihn denn auch vermuten, dass sich etwas Unvorhergesehenes ereignet hatte.

Er rief in die Finsternis zwischen Schiff und Kaje hinein: »Hein, bist du ins Wasser gefallen?«

Darauf antwortete Hein Petersen: »Nee, du Döskopp. Ich bin reingesprungen, um'n Schluck Wasser zu trinken.«

Prophezeiung

»Hau mir bloß ab mit der Kartenlegerei!«, rief Heini Pünjer, dessen Name aus wohl erwogenen Gründen leicht, jedoch bis zur Unkenntlichkeit verändert worden ist, und versetzte mit diesem für ihn ungewohnten Gefühlsausbruch seinen Freund Ernst in nicht geringe Verwunderung, zumal sie beim Bier in ihrer Stammkneipe saßen.

»Aber, Heini«, meinte Ernst beschwichtigend. »Was hast du denn schon mit der Kartenlegerei zu tun, dass du so sauer darauf bist?«

»Ich?!?«, rief Heini Pünjer, und er kriegte dabei einen roten Kopf. »Na, da will ich dir das mal erzählen.« Und er legte in einer Lautstärke los, dass die Gespräche an den Nebentischen abrupt das Zeitliche segneten. Alle hörten zu.

Und dieses ist Heini Pünjers Geschichte:

Meine Erna, du kennst sie ja. Mit der bin ich nun bald dreißig Jahre verheiratet. Damals, als wir uns kennen gelernt hatten, da war ich richtig verrückt nach ihr, und weil ich nun unbedingt wissen wollte, wie alles so kommen würde, bin ich nach St. Pauli zu einer Kartenlegerin gegangen. Frag mich nicht, wie die hieß. Irgend so ein orientalischer Name.

Ich also hin. Ich sag, ich wollt' wohl mal einen Blick in die Zukunft tun, und was das wohl kostet.

Sie schlägt die Karten, guckt mich ganz tiefsinnig an und sagt: »Junger Mann, das kostet gar nichts. Das ist nach Belieben!«

Sie legt die Karten auf den Tisch, murmelt was von »übern kurzen Weg« und so und sagt: »Verheiratet sind Sie wohl noch nicht, was?«

Donnerwetter, denke ich. Die weiß Bescheid.

Ich sag: »Nee!«

Und sie: »Na, dann werden Sie wohl heiraten wollen, wie?«

Und ich sag: »Ja!«

Da sagt sie, sie könnte aus den Karten lesen, dass ich heiraten würde.

Na, da hab' ich ihr vor lauter Freude zehn Mark gegeben. War damals viel Geld. Dann bin ich nach Hause, und abends hab ich Erna gefragt, ob sie mich heiraten wolle. Und sie wollte.

Und so kam es dann ja auch.

Aber nach drei Wochen, da wusste ich, was ich mir da eingebrockt hatte. Ich musste immerzu an die Kartenlegerin mit dem orientalischen Namen denken und an meine schönen zehn Mark.

Und da konnte ich mir das nicht verkneifen. Ich wieder hin, hab' auf den Tisch gehauen und gesagt: »Sie ... Sie ... Da haben Sie mir schön was erzählt - mit der Heiraterei und so!«

Die Dame mit dem orientalischen Namen blieb aber ganz ruhig. Sie guckte mich von oben bis unten an und fragte: »Na, junger Mann, nun haben Sie am Ende gar nicht geheiratet?«

»Doch!«, rief ich. »Das ist es ja! Und jetzt habe ich eine Frau am Hals, die meckert den ganzen Tag. Und was Sie mir da erzählt haben ...«

Aber sie ließ mich gar nicht ausreden. Sie sagte: »Ich weiß gar nicht, was Sie wollen. In den Karten stand, dass Sie heiraten würden. Aber in den Karten stand nicht, dass das auch gut wird.«

Heini Pünjer schwieg, trank sein Bier aus, stand auf und sagte: »Ich muss jetzt nach Haus. Erna wartet.«

Dein ist mein ganzes Herz

Es ist nicht erwiesen, wird aber gern erzählt, dass Ralph Arthur Roberts das weltbekannte und immer noch gern gesungene Lied »Auf der Reeperbahn nachts um halb eins ...« nach reichlichem Austerngenuss und der entsprechenden Menge Champagner aufs Notenpapier geworfen habe.

Es wird auch behauptet, dass Enrico Caruso, der stets im Maurischen Zimmer in Schümanns Austernkeller tafelte, niemals so gut gesungen habe wie nach einem Austerngelage.

Ungeklärt aber ist die Frage, ob Richard Tauber, als er in ebenjenem Austernkeller zu später Stunde »Dein ist mein ganzes Herz« sang, die Wirtin Jenny Schümann meinte oder die Austern auf seinem Teller. Angeguckt hat er sie während seines Vortrages abwechselnd alle beide.

Otto Ernst, der im Jahre 1862 in Ottensen geborene Schriftsteller, der es zu Ruhm und Ehre brachte mit seinen Komödien »Flachsmann als Erzieher« und »Jugend von heute«, außerdem mit seiner Kindergeschichte »Appelschnut«, drückte sich eindeutiger aus. Er schrieb auf das Passepartout seines Bildes:

»Mensch, schließ, der Auster gleich, dich ein und lass kein Loch!
Es hilft dir alles nichts, gefressen wirst du doch.
Bleib aber eingedenk: Des Lohnes Schönstes ist,
wenn dich, wie jenes Tier, ein Mensch vor Liebe frisst.«

Liebesbekenntnis

Es ergab sich, dass es einem Hamburger Kaufmann gelungen war, einen Bremer Kollegen in Cöllns Austernkeller zu locken, wo gerade frische Austern eingetroffen waren.

Der Hamburger zögerte nicht lange, zunächst einmal ein Dutzend Austern zu bestellen, worauf er sich an seinen Gast wandte mit der Frage: »Und Sie? Auch'n Dutzend?«

Der Bremer war unschlüssig, guckte ein bisschen verlegen in die Runde. Doch die anderen Gäste waren viel zu sehr mit sich selbst und mit ihren Austern beschäftigt. Da kümmerte sich keiner um den anderen.

Er fragte dennoch: »Austern? Ja, geht das denn? Ich meine, so in aller Öffentlichkeit?« In Bremen tat man so etwas nicht.

Daraufhin schmunzelte der Hanseat von der Elbe und antwortete: »Lieber Freund, ich weiß ja nicht, wie das bei Ihnen ist. Was mich betrifft, so liebe ich Austern. Und ich bekenne mich dazu.«

Die beiden Herren sollen dann jeder auf 24 gekommen sein, wozu es, versteht sich, Champagner gab.

Austernvergiftung

Der Chef eines Handelshauses hatte seine Belegschaft zu einem gemeinsamen Austernessen in Schümanns Austernkeller eingeladen. Die Veranstaltung verlief - wie nicht anders zu erwarten gewesen war - überaus harmonisch und fröhlich, zumal der Chablis eine gute Kinderstube genossen hatte.

Man ging zu später Stunde, jedoch nicht zu spät, auseinander, so dass der Abend gute Aussicht hatte, für alle Beteiligten eine schöne Erinnerung zu bleiben.

Am nächsten Morgen jedoch klingelte bei Schümann das Telefon. Der Chef des Handelshauses meldete sich und sagte: »Etwas Schreckliches ist passiert. Meine halbe Belegschaft ist heute nicht zum Dienst erschienen. Es muss etwas mit den Austern gewesen sein. Alle behaupten, eine Austernvergiftung zu haben. Und die heute morgen zum Dienst erschienen sind, fühlen sich auch nicht wohl. Nur mir fehlt nichts.« Und er fügte hinzu: »Gibt es eine Erklärung für dieses Phänomen?«

Es gab keine Erklärung dafür. Jedenfalls nicht bei Schümann. Keine Auster hatte ungeprüft die Küche des Hauses verlassen.

Die Erklärung kam erst sehr viel später, und der Handelsherr erfuhr sie mehr durch Zufall: Die Belegschaft hatte nach dem gemeinsamen Essen noch einen Zug durch St. Pauli gemacht.

Unpassend

Ein Hamburger Kaufmann besuchte zu Neujahr seine in Bremen recht gut verheiratete Tochter. Bei der Gelegenheit gab es den auch an der Weser zum Jahreswechsel traditionellen Heringssalat.

Der Kaufmann lud sich den Teller voll und stellte zu seiner großen Verwunderung fest, dass der Heringssalat mit einer gehörigen Menge Kalbfleisch durchsetzt war, wie es zwischen Bremen und Emden üblich ist. Für ihn, den Hamburger, wirkte diese Zusammenstellung äußerst befremdlich.

Er sah seine Tochter streng an, wies auf den Heringssalat und sagte: »Kalbfleisch im Heringssalat? Schmeckt ja ganz gut. Doch nun frag ich dich um alles in der Welt: Was soll das?«

Der Weinkeller

Im Hause eines wohlhabenden Außenhandelskaufmannes, dessen Name nichts zur Sache tut, gehörte es zu den strengen und von allen Familienmitgliedern respektvoll beachteten Gesetzen, dass niemand – mit Ausnahme des Hausherrn selbst – den Weinkeller betreten durfte.

Am allerstrengsten aber wurde dieses Gesetz auf die Damen des Hauses angewandt. Frauen im Weinkeller – unmöglich!

Die Hausfrau, eine hochgebildete Adelige aus Schleswig-Holstein, die ihrem Manne seit über 30 Jahren in einer glücklichen Ehe verbunden war, hatte niemals einen Blick in den Weinkeller tun dürfen.

Der Kaufmann war nämlich nicht davon abzubringen, dass der Wein – sobald ein weiblicher Fuß den Keller betrete – völlig verwirrt werde und an einem ruhigen Reifen gehindert werden könne.

Selbstverständlich galt dieses Gesetz auch für die junge Schwiegertochter, die Amélie hieß und aus einer französischen Weingegend stammte. Sie war die Tochter eines bedeutenden Weinhändlers, der sein Kontor in Bordeaux unterhielt.

Aus irgendwelchen nicht mehr nachvollziehbaren Gründen hatte man es unterlassen, sie auf die strenge Bestimmung im Hauses ihres Schwiegervaters aufmerksam zu machen. So geschah es eines Tages, dass sie ihrem Schwiegervater ganz unbefangen in den Weinkeller folgte, aus rein fachlicher Neugier.

Der alte Herr, der eben damit beschäftigt war, für den Abend etwas Passendes zu wählen, vernahm die leichten Schritte der jungen Dame und - starrte entsetzt auf das Unabwendbare.

Ein donnerndes »Betritt nicht den Keller!«, was ihm angesichts ihrer liebreizenden Art ohnehin schwer gefallen wäre, hätte überhaupt keinen Sinn gehabt. Denn sie war ja schon drin.

Amélie, die viel zu sehr mit den Weinen beschäftigt war, um die Fassungslosigkeit ihres Schwiegervaters zu bemerken, hat erst Jahre später erfahren, welcher Ungeheuerlichkeit sie sich an diesem Tage schuldig gemacht hatte.

Er selbst hat es ihr erzählt.

Aber da konnte er schon darüber lächeln.

Doch in seinem ganzen Leben hat er nicht aufgehört, sich zu wundern, dass den Weinen die Anwesenheit seiner Schwiegertochter nicht das geringste ausgemacht hatte.

Unerschöpflicher Weinkeller

Hamburger Kaufleute waren und sind berühmt für ihre Weinkeller, die vielfach mit weißem Marmor ausgelegt sind und Kostbarkeiten enthalten, die sogar in ihren Ursprungsländern als Raritäten gehandelt werden.

Von einem über sein Weinlager buchführenden Kaufmann weiß man, dass er in einem Jahr mehr als 2000 Flaschen Wein für die Bewirtung seiner Gäste ausgeschenkt hatte, ohne dass er seinen Weinkeller deswegen besonders zur Ader hätte lassen müssen. Es waren noch weit mehr als 4000 Flaschen drin, und aus Bordeaux war bereits ein Schiff mit einer neuen Ladung unterwegs.

Weinprobe

Der junge Doktor Hans Bergemann, der sich als Jurist in Handelsfragen die ersten Sporen verdient hatte, war mit einigen Freunden zu einer Weinprobe eingeladen, die in den Kellerräumen eines Hamburger Weinhändlers stattfand.

Bergemann freute sich auf den Wein. Jedoch hatte er nicht damit gerechnet, dass er 15 Weine probieren sollte - nicht jeden Tag einen Wein, sondern 15 Weine in drei Stunden.

Bei der Weinprobe, die von dem Weinhändler als Arbeit bezeichnet wurde, was sie wohl auch tatsächlich war, gehörte es dazu, dass die Teilnehmer ihre Meinung zu den Weinen äußerten, auch wenn sie nicht mit Weinen handelten und - wie im Falle des jungen Juristen Dr. Bergemann - im Grunde genommen blutige Laien waren.

Es wurden jeweils drei Weine ausgeschenkt, und Dr. Bergemann fing an zu probieren. Die Weine schmeckten ihm. Doch ehe er sich eine Meinung gebildet hatte, waren die Gläser leer.

Mal sehen, dachte er, was die andern sagen.

Und die hatten was zu sagen, zum Beispiel, dass einer der Weine einen kleinen Holzton habe, der zweite aber nach Schwarzen Johannisbeeren schmecke, was ein anderer der Herren lebhaft bestritt. Er sagte, der Wein erinnere ihn an Brathering.

Die Weinprobierer waren schon beim nächsten Wein, von dem prophezeit wurde, er sei erst in drei Jahren trinkbar.

Bergemann guckte in sein leeres Glas und schämte sich, dass er den Wein ohne Verstand schon jetzt - drei Jahre zu früh - getrunken hatte.

Er nahm sich vor, bei den nächsten Weinen besser hinzuschmecken und nicht so hastig zu trinken.

Das waren drei wundervolle Tropfen, viel zu schade, um bedächtig und von allen Seiten die Farbe des Weines zu prüfen, und ob der Wein eine Nase habe, also, ob er gut dufte. Erst danach durfte man einen kleinen Schluck schlürfen und ihn im Munde spazieren gehen lassen, um zu ermitteln, ob er einen langen oder kurzen Abgang habe. Lange Abgänge sind besser als kurze Abgänge.

Bergemann prüfte die Farbe, vergaß das Schlürfen und - schon war der Wein weg. Er konnte sich wieder nicht äußern. Aber was sollten bloß die anderen von ihm denken, wenn er nichts über die Nase des Weines sagen konnte?

Bergemann probierte und probierte. Einige Weine gefielen ihm gut, andere sehr gut. Und als er diese magere Ausbeute seiner Weinprobe etwas schüchtern dem Weinhändler vortrug, sagte der:

»Machen Sie sich keine Gedanken über Nasen, Abgänge und Bratheringe. Wenn Ihnen ein Wein nicht schmeckt, dann brauchen Sie ihn nicht zu trinken. Und wenn Ihnen ein Wein schmeckt, dann - trinken Sie, so viel Sie mögen.«

Ein viertel Pfund Wurst

Der Vater von Hans Albers betrieb - wie man in Hamburg allgemein weiß - in der Langen Reihe eine gut gehende Schlachterei. Einmal kam ein Kunde in den Laden und verlangte ein viertel Pfund Wurst.

Meister Albers setzte das Wurstmesser an, und beiläufig kamen die beiden auf Hans zu sprechen.

»Er hat ja erstaunliche Erfolge«, schwärmte der Kunde. Der alte Albers strahlte über das ganze Gesicht und setzte das Messer auf der Wurst um fünf Zentimeter weiter.

»Ich sah ihn unlängst im Thalia-Theater, wo er als Gast auftrat. Ich war begeistert. Mein Gott, ein Hamburger Jung! Und diese Begabung!«

Das viertel Pfund Wurst wurde weitere fünf Zentimeter länger.

»Das Publikum raste wie verrückt!«, berichtete der Kunde.

Fünf Zentimeter.

Der Kunde beobachtete interessiert diesen Vorgang, mit dem er nicht gerechnet hatte, der ihm aber gelegen kam.

Er sagte: »Ich prophezeie Ihnen, Herr Albers, Ihr Sohn wird einmal ein ganz Großer des deutschen Theaters. Glauben Sie mir, es wird nicht mehr lange dauern, dann verdient er, was er will.«

»Ihr Wort in Gottes Ohr, mein Herr«, sagte stolz Vater Albers.

Er fügte hinzu: »Und wenn es Ihnen recht ist, packe ich Ihnen die ganze Wurst ein.«

Grünkohl mit Sahne

Wenn der Schauspieler Hans Albers wintertags in Hamburg war, dann musste es Grünkohl geben. Wenigstens einmal in der Woche, was er mit den Bremern gemeinsam hatte. Nur die Zubereitung dieses beliebten Wintergemüses unterscheidet sich in Hamburg denn doch erheblich von der Bremer Art, was aber jetzt nicht zur Debatte steht.

Hans Albers legte zwar Wert auf Kochwurst, Bauchspeck und Kasseler, das war er seinem Vater, dem Schlachtermeister, schuldig. Bremer Pinkel kannte er nicht - oder er wollte sie nicht kennen.

Selbstverständlich gab es zum Kohl die kleinen gezuckerten Röstkartoffeln, und der Koch musste kurz vor dem Servieren etwas Sahne durch den Grünkohl gezogen haben.

»Sonst ist er mir zu streng«, sagte Hans Albers. »Und dagegen habe ich was.«

Grenze der Trinkfestigkeit

Hans Albers, unvergessener Schauspieler und waschechter Hamburger, der mit seinem »Hoppla, jetzt komm ich!« die Herzen aller erobert hatte, gehörte, wie es für einen Hamburger Jung schicklich war, zu den besonders trinkfesten Exemplaren seines nicht eben aus Abstinenzlern bestehenden Berufsstandes.

Einmal hatte er sich mit einem Kollegen auf der Reeperbahn, wo er Stammgast war, ganz fürchterlich die Nase begossen, so dass am Ende selbst ihm leichte Bedenken über die Nützlichkeit eines solchen Tuns kamen. Dabei wurde in ihm ein gewisses Verantwortungsgefühl für den etwas jüngeren Kollegen geweckt.

»Min Jung«, sagte er und guckte seinen Zechgenossen streng an. »Du musst jetzt aufhören zu trinken. Ich seh' dich schon doppelt.«

Hummer ohne Presse

Als Marlene Dietrich im Jahre 1960 in Hamburg weilte, kam ihr die Idee, die früheren Stätten ihres Lebensweges aufzusuchen und unter anderem in Schümanns Austernkeller Krebse zu essen. Denn dort - in einem Séparée - hatte sie einst gelernt, mit Krebsen umzugehen.

Sie bestellte einen Tisch für zehn Personen und - Krebse.

Es wurde ihr aber mitgeteilt, dass es leider keine Krebszeit sei. Ob es denn auch Hummer sein dürfe.

»Gut«, meinte Malene Dietrich. »Dann eben Hummer ...«, wobei ihr einfiel, dass sie noch einen speziellen Wunsch hatte, denn sie fuhr fort: »Aber bitte ohne Presse!«

Fummelarbeit

Einmal bestellte der Schauspieler Curd Jürgens in einem Hamburger Lokal, in dem er gut bekannt war, eine Portion Matjes. Durch ein Versehen wurden ihm Matjes mit Bohnen, Specksoße und Pellkartoffeln vorgesetzt, was an sich ja nichts Schlimmes ist. Aber Jürgens hatte den Matjes so nicht bestellt. Er betrachtete diese Köstlichkeit mit allen Anzeichen größter Verachtung.

Dann aber fing er an zu arbeiten. Es war eine richtige Fummelarbeit.

Er trennte die Bohnen, die Specksoße und die Kartoffeln säuberlich von den Matjes, rief den Ober und sagte:

»So, diese Sachen da, die nehmen Sie mal wieder mit. Den Matjes aber lassen sie hier. Dazu bringen Sie mir Schwarzbrot mit Butter und viele, viele Zwiebeln, und einen doppelten Korn. Und wenn Sie das gebracht haben, dann möchte ich nicht gestört werden.«

Kellner Kunze und die Stammgäste

Kunze war einer jener Kellner, die alles wissen, alles sehen, alles hören und - nie ein Wort darüber verlieren. Er wusste vor allem, was seine Gäste wollten.

Kunze war in Schümanns Austernkeller als Oberkellner tätig. Zu den Gästen des Hauses gehörte auch das Ehepaar R., das er an einem Augustabend des Jahres 1934 zum vorerst letzten Male bediente.

Dass es das letzte Mal gewesen sein sollte, erfuhr er aber erst ein paar Tage später. Es hieß, die R.s seien - sozusagen Hals über Kopf - nach Amerika ausgewandert. Jedenfalls nicht ganz freiwillig, wie das damals so war.

Zwanzig Jahre gingen durchs Land. An einem Augustabend des Jahres 1954 betraten zwei ältere Herrschaften Schümanns Austernkeller.

Kunze erkannte sie sofort. Es waren die R.s, die - wenn auch nur besuchsweise - in die alte Heimat zurückgekehrt waren.

Kunze führte sie an den für sie reservierten Tisch und sprach: »Sherry dry vorweg, nicht wahr? Und den Hummer lass ich Ihnen wie gewohnt zubereiten.«

Aufgeklärt

Die Frage nach dem Geschlecht eines Fisches wird in kulinarisch gebildeten Kreisen gemeinhin nicht diskutiert, weil sie für den Geschmack eines Gerichtes unerheblich ist.

Es löste daher unter den ebenso feinsinnigen wie auf gutes Benehmen bedachten Teilnehmern eines Essens in einem feinen Restaurant an der Binnenalster leichtes Befremden aus, als die Tochter des Gastgebers, acht oder neun Jahre alt, den ihr vorgelegten gedünsteten Lachs mit dem Ausruf begrüßte: »Oh, das ist ja ein Mädchen!«

Das darauf folgende Schweigen wurde durch einen Onkel des Kindes unterbrochen, von dem bekannt war, dass er einer recht offenherzigen und unkomplizierten Ausdrucks- und Lebensweise huldigte.

Er fragte: »Woran erkennst du denn, dass das ein Mädchen ist?«

Er erhielt die Antwort: »Das sieht man doch. Es ist ja rosa.«

Durchgefallen

Wer neu nach Hamburg kommt und aus persönlichen oder auch aus beruflichen Gründen Zugang zur feinen Gesellschaft sucht, der muss wissen, dass er auch heute noch einer sehr kritischen Prüfung unterzogen wird. Allerdings hat er keine Chance, sich darauf in irgendeiner Form vorzubereiten. Er steht sozusagen wochen- und monatelang unter Beobachtung, und da nützen weder Geld noch hohe Geistesgaben. Wer den Ansprüchen der Gesellschaft nicht gerecht wird, der fällt durch.

Das musste auch ein junger Mann erfahren, Aufsteiger in seiner Branche, der wegen seines angenehmen Auftretens und seiner geistigen Wendigkeit nach Hamburg versetzt worden war, um dort etwas für seine Firma zu tun.

Die hohen Erwartungen, die sich an seine Hamburger Mission knüpften, waren wohl auch in Erfüllung gegangen, da er sich auf dem beruflichen Parkett nicht den geringsten Ausrutscher leistete. Leider pflegte er seine Freizeit allzu unbekümmert zu gestalten, ohne dass ihm dieses bewusst wurde.

»Sie kennen doch auch diesen jungen Herrn aus München, nich?«, fragte, sechs Wochen nach dessen erstem Auftreten in Hamburg, die Gattin eines Außenhandelskaufmannes in einem kleineren Kreis von Damen, die in privatem Rahmen zum Fünf-Uhr-Tee zusammengekommen waren.

Nachdem alle Damen zu der Frage genickt hatten, fuhr die Außenhandelskaufmanns-Gattin fort:

»Den habe ich gestern in der Großen Bleichen gesehen. Denken Sie mal, der aß doch tatsächlich ein Rundstück. Auf der Straße!«

Und nach ein paar Sekunden, in denen sie die Nachricht in ihrer ganzen Tragweite auf die versammelten Damen wirken ließ, fuhr sie fort: »Zu meinem Sommerfest am nächsten Sonnabend kommt dieser Herr nicht!«

Es war ein Urteil, gegen das es keine Berufung gab.

Vorbeugung

Ein Handelsherr aus der Tabakbranche, der zu fortgeschrittener Vormittagsstunde mit einem auswärtigen Gast beim Frühstück im Hotel Atlantic saß, beschäftigte sich herzhaft mit den angebotenen Würsten, mit dem Käse und den Marmeladen.

Er deutete den etwas irritierten Blick seines Gastes durchaus richtig und ließ sich sodann wie folgt vernehmen:

»Wissen Sie, ich brauch das. Wenn ich nicht richtig frühstücke, dann ess ich zu Mittag immer so hastig. Und das ist nicht gut für meinen Magen.«

Dienstlich essen macht nicht dick

Hinrich Kuhlmann war als Weinimporteur viel auf Reisen. Außerdem musste er in Hamburg alle naselang mit Geschäftsfreunden essen, was nicht ohne Auswirkungen blieb.

Es wird überliefert, dass er im Hinblick auf ein bevorstehendes üppiges Abendessen den vorsichtig geäußerten Hinweis seiner Frau Renate auf seine in letzter Zeit leider immer sichtbarer werdende Gewichtszunahme mit der Belehrung vom Tisch wischte:

»Eins will ich dir sagen, Renate, und da lass ich mich auch nich von abbringen: Dienstlich essen macht nich dick!«

Einfach

Es gehört zu den Eigentümlichkeiten der Hamburger, dass sie auf die Frage nach ihren Leibgerichten zu gegensätzlichen Antworten kommen können, wobei es häufig passiert, dass ein und dieselbe Person zwei oder drei Lieblingsspeisen nennt, zwischen denen kulinarische Welten liegen.

Ein Hamburger Senator zum Beispiel bezeichnete, ohne mit der Wimper zu zucken, Kaviar und Milchsuppe als seine Leibgerichte.

Den Hinweis auf deren Gegensätzlichkeit ließ er nicht gelten.

»Wieso gegensätzlich?«, fragte er und fügte hinzu: »Beides ist einfach.«

Hinderliche Bildung

»Für Labskaus hab' ich nich viel übrig«, pflegte ein wegen seiner umfassenden Bildung hochgeschätzter und überdies den Genüssen seiner Heimat sehr verbundener Hamburger zu erklären. »Und ich will Ihnen auch sagen, warum.«

Nach dieser Einleitung folgte eine kleine Pause, die von den anderen genutzt wurde, sich auf die Belehrung einzustellen.

»Labskaus«, so sagte er, »kommt entweder aus dem Norwegischen. Da bedeutet es Stockfisch mit Kartoffeln. Und Stockfisch mag ich nicht. Oder es kommt aus dem Englischen. Da heißt es ›lob's course‹, was Mahlzeit eines Tölpels bedeutet. Und das bin ich nicht.«

Kostprobe

»Labskaus?«, sagte Emil Holtgrefe und schüttelte sich. »Nee, wenn Labskaus nicht von meiner Erna ist, dann geh ich da nich ran. Dann probier ich immer nur von. Und eh' ich dann raus hab', was da an fehlt, ist der Teller leer.«

Im Gehen essen

»Weißt du was?«, fragte Frau Petersen ihren Mann, während sie durch die Mönckebergstraße gingen. »Ich ess nicht gern im Gehen!«

»Wer zwingt dich dazu?«, fragte Herr Petersen, der mit seinen Gedanken ganz woanders war. »Wenn wir essen wollen, setzen wir uns an einen Tisch. Das haben wir doch immer so gemacht.«

»Ja, wir«, sagte Frau Petersen. »Aber wir sind altmodisch. Alle anderen Leute essen im Gehen. Guck sie dir doch nur mal an.«

Herr Petersen begann, die Vorübergehenden zu mustern. Fast alle waren am Kauen.

Der eine kaute an einer Bratwurst. Der nächste verzehrte mit Hochgenuss ein Fischbrötchen. Ein junges Mädchen steckte sich irgendetwas Giftig-Grünes in den Mund, das sie aus der Tasche gezogen hatte. Ein junger Mann stopfte Studentenfutter aus der Klarsichttüte in sich hinein. Und eine alte Dame ließ sich genüsslich von ihrer Enkelin mit Bonbons füttern.

»Wenn ich das so sehe«, sagte Frau Petersen, »bekomme ich Hunger.«

»Warte, bis wir zu Hause sind«, antwortete ihr Mann. »Es gehört sich nicht, auf der Straße zu essen - schon gar nicht im Gehen.«

»Ich will ja auch gar nicht auf der Straße essen. Trotzdem habe ich Hunger. Ich schlage vor, wir erledigen getrennt unsere Besorgungen, damit es schneller geht. Und dann geht's nach Hause - essen. Beeil dich!«

»Einverstanden«, sagte Herr Petersen und trennte sich von seiner Frau.

Er ging durch die Stadt und ihm entgegen kamen immerzu kauende Menschen.

Schließlich ging er ganz automatisch in einen Bäckerladen hinein und kaufte eine Rosinenschnitte. Für zu Hause, dachte er.

Nachdem er den Laden verlassen hatte, wurde die Rosinenschnitte immer schwerer und schwerer, und schließlich packte er sie aus und verzehrte sie - im Gehen.

Er gestand sich ein: Ich habe nie geglaubt, wie gut Rosinenschnitten im Gehen schmecken.

Der Bauch des Cord Visser

Der Prokurist Cord Visser gehörte nicht zu den Kostverächtern.

Wenn er ehrlich zu sich sein sollte, so musste er zugeben, dass er - wie jeder gute Hamburger - für sein Leben gern aß. Vom Trinken ganz zu schweigen.

Aber es ist ja bedauerlicherweise so eingerichtet, dass der Mensch gewissen Gesetzen untersteht, die unverrückbar sein Leben bestimmen.

So lange Cord Visser ein junger Mann war, konnte er essen, was er wollte. Dort wo andere Leute einen Bauch mit sich führten, hatte er eine Kuhle.

Leider konnte er als junger Mann aber eben doch nicht alles essen, was er wollte, weil ihm die Mittel dazu fehlten.

Nachdem er Prokurist geworden war, konnte er sich das eine oder andere leisten. Doch dort, wo sich einmal eine Kuhle befand, wölbte sich, sozusagen von einem Tag zum anderen, ein Bauch. Es war kein Monstrum. Aber es war keine Kuhle mehr.

Und nun kommt das, was einem Durchschnittsehemann wie Cord Visser das Leben so schwer macht.

Stellen Sie sich vor, Cord Visser saß mit seiner Frau Elisabeth in einem Lokal. Es gab Labskaus mit allem Drum und Dran. Und wie das so ist, Cord Visser stopfte sich gerade den Rest Labskaus in den Mund, schob noch eine Gurke hinterher und war fertig.

Seine Frau hingegen war noch lange nicht fertig. Sie kaute und kaute, und als sie noch etwa ein Drittel auf dem Teller liegen hatte, sagte sie: »Ich kann nicht mehr.«

»Dann lass es liegen«, schlug Cord Visser vor.

»Liegen lassen?«, fragte seine Frau. »Du, das müssen wir bezahlen. Das können wir doch nicht liegen lassen.«

»Dann iss es auf«, meinte Cord Visser.

»Wer, ich?«, fragte Elisabeth Visser. »Du hast doch gerade gehört, dass ich nicht mehr essen kann. Ich kriege keinen Bissen runter. Aber du ... du könntest eigentlich noch ein bisschen essen. Guck mal, das Gelbe vom Ei. Ich habe es mir bis zuletzt aufbewahrt, und nun kann ich nicht mehr. Eine Gurke ist auch noch da, und der Rollmops. Also, den Rollmops, den musst du essen.«

»Aber ich kann nicht mehr«, jammerte Cord Visser.

»Unsinn«, sagte Elisabeth. »Das habe ich in unserer ganze Ehe noch nicht erlebt, dass du nicht mehr essen kannst. Bestell dir noch ein Bier, damit es besser rutscht, und dann isst du mein Labskaus.«

Sehen Sie, so kam es, dass Cord Visser schließlich seufzend seine Gabel ergriff und sich über die Portion Labskaus hermachte, mit der seine Frau Elisabeth nicht mehr fertig geworden war.

Schließlich hatte der Prokurist Cord Visser alle Teller leer gegessen, auch sein Bier getrunken. Er hatte bezahlt und sich erhoben, um seinen Mantel anzuziehen, da stand seine Frau wie beiläufig neben ihm, klopfte mit der flachen Hand auf seinen Bauch und sagte: »Hör mal, du musst mal was dagegen tun – du wirst immer dicker.«

Rakete

Johann Hansen war eingefleischter Junggeselle, was ihn nicht daran hinderte, die Freuden eines Ehelebens, wenn auch nur in kulinarischer Hinsicht, zu genießen. Er ließ sich gern von verheirateten Freunden zum Essen einladen.

Einer seiner Freunde war Klaus Vahlsing, der es sich zur Pflicht gemacht hatte, Johann Hansen mindestens einmal im Monat einzuladen - mit ausdrücklicher Zustimmung seiner Frau Ingrid.

An einem solchen Tag gab es einmal Kotelett mit Erbsen und Möhren.

Und wie das so ist, Johann Hansen war während des Essens am Schnacken und wollte - wie sich das gehört - das Kotelett loben, da schoss ihm eine Erbse aus dem Mund, wie eine Rakete.

Sie landete auf dem Teller von Klaus, der ihm gegenübersaß.

Johann Hansen entschuldigte sich, und Klaus Vahlsing sagte, wenn auch nicht besonders erfreut: »Das macht nichts!«

Aber hinterher blieb Johanns Erbse auf dem Teller liegen. Klaus hatte um sie herumgegessen, was insofern ärgerlich war, weil die Erbse auf dem Kotelett gelandet war, und Klaus isst so gerne Fleisch.

Unlängst war Johann Hansen wieder bei Klaus und Ingrid Vahlsing eingeladen.

Als es zum Essen ging, hakte Klaus den Freund unter und sagte ganz fröhlich: »Heute sitzen wir nebeneinander.«

Branntwein für die Blumen

Von einem Küster einer an sich sehr reputierlichen Kirchengemeinde, über die wir in diesem Falle den Mantel des Schweigens breiten wollen, wird berichtet, dass er, zum Kummer seines Pastors, dem Branntwein in besonderer Liebe verbunden war.

Einmal wurde er schon am frühen Morgen in seiner Wohnung von dem geistlichen Herrn vor einem großen Glas mit einer klarer Flüssigkeit darin angetroffen.

Voller Ekel betrachtete der Pastor das Glas, dann aber auch den Küster. Er donnerte, wie er es von der Kanzel her gewohnt war, mit lauter Stimme: »Sie soll'n sich was schämen. Am frühen Morgen schon Branntwein zu trinken.«

Der Küster aber nahm das Glas und sprach gelassen: »Aber, Herr Pastor, das is kein Branntwein. Das is klares Wasser. Ich wollt' ja nur die Blumen damit begießen.«

Mit diesen Worten kippte er den Branntwein in einen Topf, in dem seine Frau Blumen zog.

Er soll hinterher den lieben Gott gebeten haben, ihm den sündhaften Umgang mit dem kostbaren Branntwein zu verzeihen und die unschuldigen Blumen vor den schlimmen Folgen des Alkoholgenusses zu bewahren.

Ungenießbar

Kapitän Kruse und Kapitän Rehbein, die - aus reinem Zufall - beide Hinnerk hießen, trafen sich nach vielen Jahren haargenau in einem Augenblick, als sie an einer Hafenkneipe vorbeischrammten.

»Mensch, Hinnerk«, sagte Kruse. »Da bist du ja.«

Hinnerk Rehbein nickte und stellte fest: »Ja, Hinnerk, und du auch. Warst beim letzten Mal ziemlich voll, was? In Singapur.«

Diese Bemerkung nun brachte die Speicheldrüsen von Hinnerk Kruse ganz gewaltig in Aktion. Er musste sofort und sehr intensiv an Bier denken.

Er meinte, indem er auf die Hafenkneipe wies: »Da lass uns man gleich reingeh'n«, was er im Übrigen im Hinblick auf die Erinnerung an den Abend in Singapur vor sechs oder sieben Jahren auch ganz passend fand.

Die beiden Kapitäne fanden auch sofort einen Platz an der Theke, und was meinen Sie wohl, was passierte? Kapitän Hinnerk Rehbein bestellte ein Mineralwasser.

Dieses Ereignis quittierte Hinnerk Kruse zunächst mit Fassungslosigkeit. Dann polterte er los: »Mensch Hinnerk, lass doch den Quatsch!«

Aber Hinnerk Rehbein schüttelte energisch den Kopf. Er sagte: »Nee, Hinnerk, das geht nicht. Mein Magen will nicht mehr so recht. Und mein Arzt, ein an sich ganz netter Dokter, hat mir Alkohol verboten.«

»Da siehst du mal«, ließ sich Hinnerk Kruse in seiner Meinung über das Mineralwasser nicht beirren, »was man von Ärzten so zu halten hat. Nämlich gar nichts.« Und nachdem er sich diesen Teil seiner Weltanschauung von der Seele geredet hatte, fuhr er fort: »Wasser für'n Magen! Mann, Hinnerk Rehbein, da ha'm wir doch nun unser Leben lang mit Wasser zu tun gehabt. Und was mich betrifft, so kuck ich mir das ja auch gern an. Aber trinken? Nee! Wo ich doch weiß, was da alles so drin ist.«

Wie die Kinder in Hamburg das Rechnen lernen

Bei patriotischen Hamburgern kommt sonntags morgens zur Kaffeezeit der Klöben auf den Tisch. Der Klöben ist ein etwas kräftiger Kuchen aus Weizenmehl, reichlich Butter, Milch, Hefe, Eiern und Sultaninen. Der ist nicht ganz so inhaltsreich wie der Bremer Klaben, der schon manchen süddeutschen Magen zur Verzweiflung gebracht hat, aber nur während der Weihnachtszeit gegessen wird. Der Klöben wird das ganze Jahr über gegessen, was auch nötig ist, denn mit Hilfe des Klöbens lernen die Kinder das Rechnen.

Söben, söben, söben,
söben vergammelte Klöben.
Wenn du dree verleer,
heest du jümmer noch veer
von den söben
vergammelten Klöben.

»Auf diese Weise«, meinte ein Bäcker, »sind die Hamburger in Norddeutschland die besten Rechner geworden.« Dabei wies er allerdings den Gedanken weit von sich, dass aus seiner Backstube jemals »vergammelte Klöben« den Weg zum Kunden gefunden hätten.

Der Freud-und-Leid-Kuchen der Hamburger

Der schöne Brauch unserer Urgroßeltern, nicht nur die Torbalken an ihren Häusern mit sinnvollen Sprüchen zu bereichern, sondern damit zur optischen und geistigen Erbauung des Betrachters auch die Gerätschaften für den täglichen Gebrauch zu verzieren, hat uns in den Genuss eines Wortes kommen lassen, das sich auf einer Kuchenbackform fand: »Kuchen zum Leide und Kuchen zur Freude. Gottes Liebe send't alle beide.«

Gottes Liebe sendet uns Freud und Leid.

Uns Norddeutschen hat Gottes Liebe außerdem den Butterkuchen beschert, der uns - treu und wohlschmeckend - durch alle Höhen und Tiefen des Lebens begleitet.

Ohne Butterkuchen können sich die Norddeutschen - mithin auch die Hamburger - einen Feiertag nicht vorstellen.

Butterkuchen gibt es zur Kindstaufe und zur Konfirmation. Bei Hochzeiten trägt er zum Glück des Brautpaares und zur ungetrübten Freude der Gäste bei. Nach Beerdigungen hilft er - richtig gebacken - über den ersten Schmerz hinweg. Er tut's auch dann, wenn er nicht richtig gebacken worden ist, weil er den Hinterbliebenen ein ablenkendes Gespräch darüber ermöglicht, wie man ihn hätte besser backen können.

Wir wollen nicht verhehlen, dass sich aus einer solchen Diskussion auch sehr schnell ein Streit entwickeln kann, der den Anlass der Zusammenkunft zur Bedeutungslosigkeit schrumpfen lässt. Aber auch das hat etwas für sich, denn wir sollten dem Butterkuchen zugestehen, dass er beim nächsten Familientreffen durchaus die Rolle des versöhnenden Elements übernehmen kann.

Es steht jedenfalls außer Frage, dass der Butterkuchen eine der individuellen Spezialitäten unserer Region ist, die über Bundesländergrenzen hinweg eine Verbindung schafft, die uns eben diese Grenzen vergessen lässt. Bei einer möglichen Neuordnung der nördlichen Bundesländer käme auf den Butterkuchen eine wichtige Rolle zu.

Außerdem kennt der Butterkuchen keine Generationsgrenzen. Alle mögen ihn - von den Kindern bis zu den Großeltern.

Kinder lieben am Butterkuchen die süßen Butterlöcher. Großväter bevorzugen die Kantenstücke, die sie in ihren schwarzen Kaffee tunken. Und ein Hamburger erzählte von seiner Großmutter, dass sie Butterkuchen am liebsten mochte, wenn er am Rand ein bisschen angebrannt war.

Das erste Kaffeehaus in Deutschland stand in Hamburg

Wenn von Kaffee und Tee in Deutschland die Rede ist, kann man an Hamburg nicht wortlos vorbeigehen. Denn in Hamburg sitzen einige der großen deutschen Kaffeeröstereien, und wenn die Bremer behaupten, dass jede dritte Tasse Kaffee, die in Deutschland getrunken wird, aus Bremen kommt, dann lächeln die Hamburger und fragen hintersinnig: »Und woher kommen die beiden anderen Tassen?«

Kaffee und Tee – genau in dieser Reihenfolge – kamen aus England nach Hamburg. Denn die Engländer waren einst leidenschaftliche Kaffeetrinker. Dann aber wandten sie sich dem Tee zu, ohne den Kaffee zu vernachlässigen. Denn auch in Hamburg las man den englischen Schriftsteller Alexander Pope, der zu rühmen wusste: »Kaffee macht die Politiker weise, dass sie klar sehn, was schwarz verhüllt die Nacht.«

Allerdings haben die Engländer verlernt, den Kaffee gut zu kochen. Diese Erfahrung sollte der aus Hamburg stammende Bremer Nachkriegsbürgermeister Wilhelm Kaisen machen.

Einmal musste er an einer Sitzung in England teilnehmen, und die Engländer bewirteten ihn und die anderen Sitzungsteilnehmer mit Tee.

Daraufhin fragte Kaisen: »Gibt's denn hier keinen Kaffee?«

Die Engländer, als gute Gastgeber, brachten dem Bürgermeister ein Kännchen Kaffee. Kaisen schenkte sich die Tasse voll, führte sie zum Mund und stellte sie abrupt wieder ab.

In seiner direkten Art sagte er: »Jetzt weiß ich, warum die Engländer Tee trinken.«

Doch zurück nach Hamburg. Im Eimbeck'schen Haus wurde im Jahre 1668 zum ersten Male Kaffee ausgeschenkt. Aber das erste richtige Kaffeehaus wurde neun Jahre später von einem Engländer in der Nähe der Börse eröffnet.

Es gilt als das erste Kaffeehaus in Deutschland, was allerdings die Bremer ein bisschen irritiert, weil sie meinen, das erste Kaffeehaus in Deutschland sei in ihrem Schütting, im Haus der Kaufleute, gewesen. Nur - sie können es nicht beweisen und müssen den Hamburgern in stillem Gram den Vortritt lassen.

Auf das erste Kaffeehaus in Hamburg folgten weitere Kaffeehäuser. In einem Reisebericht aus dem 17. Jahrhundert heißt es: »Verlang er eine Wasser-Debauche zu machen, kann solches in dem Coffée-Hause auff der Roland-Brücke oder bey Mester Jean im alten englischen Coffée-Hause mit Vergnügen angelegt werden.« Debauche bedeutete Ausschweifung, was nun wiederum die Bremer mit Vergnügen lesen werden, denn ausschweifend waren sie nie.

Die Hamburger jedenfalls wurden zu Kaffeetanten - Bürger und Gelehrte, Männer und Frauen, alte und junge Leute: Wenn sie sich nicht selbst einen Kaffee zubereiteten, gingen sie ins nächste Kaffeehaus, wo es stets anregend zuging.

Nur der Rat der Stadt war etwas verschnupft über diese Entwicklung. Die Leute, so meinte er, sollten gefälligst das Hamburger Bier trinken, denn das brächte Geld in die Kasse der Stadt.

Mitte des 19. Jahrhunderts gab es etwa 30 Kaffeehäuser in Hamburg.

Schriftsteller und Künstler trafen sich bei Giovanoly & Comp. in der Alsterhalle am Neuen Jungfernstieg. Dort gab es einen Billardsaal und eine Auswahl von deutschen, englischen, französischen und dänischen Zeitungen. Der Kaffee kostete, bei guter Bedienung, nur zwei Schillinge die Tasse.

Giovanoly war wegen seines Kuchens auch bei den Damen sehr beliebt. Sie trafen sich in der so genannten Damenhalle.

Hamburger Kaufleute hatten ihr Stammlokal im Alsterpavillon am Alten Jungfernstieg. Um die Börsenstunden herum traf man allerlei kaufmännisches Publikum in Zinggs Kaffeehaus am Adolphsplatz.

Wegen des vorzüglichen Kuchens begab man sich zu Waitz am Alsterdamm 38b, 1. Stock.

Wer sich mehr an Kaffee und Zigarren halten wollte, strebte zu Heise an der Alten Börse 7.

Zum Kaffee gesellte sich - wie schon gesagt - später der Tee, denn die Engländer waren dem Kaffee untreu geworden, nachdem sie in ihrer Kolonie Indien so günstig an Tee herankamen. Die Hamburger machten es den Engländern nach, obwohl sie keine Kolonie in Indien hatten.

Von Teestuben in Hamburg wird allerdings kaum berichtet. Tee wurde zu Hause im Salon getrunken.

So wissen wir auch nicht genau, ob Heinrich Heine eine Hamburger Teegesellschaft meinte, als er spottete:

Sie saßen und tranken am Teetisch
Und sprachen von Liebe viel.
Die Herren, die waren ästhetisch,
Die Damen von zartem Gefühl.

Aber wir wissen, dass Heinrich Heine häufig zu Gast bei seinem Onkel Salomon war.

Salomon Heine übte in Hamburg den Beruf eines Bankiers aus. Er residierte an der Elbchaussee.

Heines Onkel Salomon hatte übrigens keine gute Meinung über seinen Neffen, was er ihm auch ungeniert sagte. Nachteilige Konsequenzen hatte es für den Dichter nicht. Er war eben ein Gast des Hauses. Eben dort wird er sich eine gute Teezunge zugelegt haben.

Auf der Insel Norderney notierte er, dass die Norderneyer, Ostfriesen immerhin und mit dem Tee besonders eng verbunden, »einen Tee trinken, der sich von gekochtem Seewasser nur durch den Namen unterscheidet«.

Heine war durch die Teetische in Hamburg verwöhnt.

Der beste Kaffee

Für einen Hamburger ist es nicht überraschend, wenn ihm gesagt wird, dass der Kaffee in Hamburg besonders gut schmecke. Wie sollte er denn wohl sonst in Hamburg schmecken?

Auch für Jenny Schümann, die unvergessene Wirtin von Schümanns Austernkeller, war es selbstverständlich, dass Hamburger Kaffee gut zu schmecken habe. Ihrer, versteht sich, am besten.

Einmal besuchte sie Verwandte in Zürich. Es ergab sich bei dieser Gelegenheit, dass sie dort einen Friseur aufsuchte.

Und während sie unter der Haube saß, hörte sie aus der Nachbarkabine, wie eine Kundin dem Figaro mitteilte: »Also, wissen Sie, mein Lieber, den besten Kaffee meines Lebens habe ich in Hamburg getrunken, und zwar in Schümanns Austernkeller.«

Als Jenny Schümann nach ihrer Rückkehr diese Szene gelegentlich einer Unterhaltung eher beiläufig zum Besten gab, wurde sie gefragt, ob sie sich denn zu erkennen gegeben und was sie gesagt habe.

»Och Gott«, meinte Jenny Schümann. »Warum sollte ich mich denn zu erkennen geben?« Und sie fügte hinzu: »Was hätte ich noch dazu sagen sollen? Es war ja alles gesagt.«

Kaffeefahrt

Es gibt viele Möglichkeiten, einen Sonntag sinnvoll zu verbringen.

Man kann den ganzen Tag im Bett bleiben. Man kann um elf Uhr an einer Vernissage teilnehmen und abends ins Kino gehen, weil das Fernsehprogramm sowieso nichts taugt. Man kann Rad fahren oder spazieren gehen.

Karl Mührmann gehört zu jenen Zeitgenossen, die sich für Sonntags nichts Schöneres vorstellen können, als am Steuer ihres Autos zu sitzen und durch die Gegend zu fahren.

»Weißt du«, sagt Karl Mührmann. »Alltags steige ich morgens um acht in mein Auto und bin um fünf Minuten nach acht im Büro. Und abends fahre ich wieder zurück nach Hause - auch fünf Minuten. Das macht doch keinen Spaß.«

Aber sonntags ...

Karl Mührmann hatte sich sonntags morgens mit seiner Briefmarkensammlung beschäftigt. Mittags gab es Rouladen mit Rotkohl und Salzkartoffeln, und gleich nach der Roten Grütze sagte Karl: »So, und nun geht's los. Wir fahren irgendwohin zum Kaffeetrinken.«

Die Kinder maulten. Benny wollte mit Nick Fußball spielen, Jenny wollte fernsehen.

Karl Mührmann sagte: »Wer sonntags Fußball spielt, stört andere Leute beim Mittagsschlaf. Und Fernsehen? Das ist doch nicht das Leben. Man muss raus. Kreativ sein.«

Karls Frau sagte: »Kreativ sein kann man auch im Garten!«

Ihr Mann überhörte das, und wenige Minuten später saßen Mührmanns auf der Autobahn.

»Wohin fahren wir eigentlich?«, wollte Karl Mührmanns Frau wissen.

»Ich habe da eine gute Adresse. Da soll es einen leckeren Kaffee geben und Apfelkuchen mit Schlagsahne.«

Als sie nach einer halben Stunde vor der guten Adresse standen, hatte die sonntags nachmittags geschlossen.

»Die Leute haben es wohl nicht mehr nötig«, moserte Karl Mührmann. Doch er ließ sich nicht erschüttern.

»Nicht weit von hier«, sagte er, »gibt es ein noch besseres Haus. Da soll es einen erstklassigen Butterkuchen geben, so einen richtigen norddeutschen Butterkuchen. Und der Kaffee soll auch gut sein.«

Das Butterkuchen-Haus schien tatsächlich geöffnet zu haben. Viele Autos parkten vor der Tür, und Karl Mührmann sagte: »Ich habe einen Heißhunger auf Butterkuchen.«

Seine Frau seufzte: »Jetzt eine Tasse Kaffee ...!«

Karl Mührmann ging auf die Gaststätte zu und las laut vor: »Heute geschlossene Gesellschaft!«

Was nun?

»Am besten, wir fahren in die Lüneburger Heide. Da weiß ich eine Gaststätte, die ist bekannt für ihre Buchweizentorte.«

»Na gut«, sagte Karls Frau. »Auf die paar Kilometer kommt es ja nun auch nicht mehr an.«

»Und wie war's?«, wurde Karl Mührmann am Montag im Büro gefragt. »War die Buchweizentorte wirklich so gut?«

»Das weiß ich nicht«, antwortete Karl Mührmann. »Der Gastwirt und seine Mitarbeiter sind in Urlaub.«

»Und was war dann?«, wollten die Kollegen wissen.

»Dann sind wir nach Hause gefahren. Wisst ihr, der Kaffee zu Hause schmeckt sowieso am besten.«

Hauptsache

Die Teeabende des Arztes Reimarus, die um 1870 von seiner zweiten Frau Sophie ins Leben gerufen worden waren, zeichneten sich durch die Freizügigkeit der dort geführten Gespräche aus.

Sophies Losung für diese Abende lautete: »Jeder kommt und geht, wann er will. Jeder denkt, was er will, und sagt es ziemlich dreist. Und niemand kümmert sich darum.«

Ein sehr konservativer und den politischen und kulturellen Strömungen jener Zeit etwas fremd gegenüberstehender Kaufmann berichtete eines Tages seinem Partner, dass er - Opfer der Überredungskünste seiner Frau - an einem solchen Teeabend bei Doktor Reimarus teilgenommen habe.

»Wie war's denn?«, wollte der Partner wissen, eine Frage, die er mit einem leicht erstaunten Stirnrunzeln begleitete.

Der Kaufmann antwortete: »Och, so, so! Verstanden habe ich von dem, was gesprochen wurde, kein Wort. Aber wegen des guten Tees würd' ich da wohl wieder hingehen.«

Kleine Anfrage

Gegen Ende eines aus vielen Gängen bestehenden und jeden normalen Magen überfordernden Essens, fragte Fritz Bergmann, indem er seine von der überstandenen Anstrengung feuchte Stirn abwischte:

»Und wann gibt's die Rote Grütze?«

Die Erfindung der Roten Grütze und der misslungene Versuch, das Rezept zu notieren

Von vielen bedeutenden Erfindungen, die das Leben der Menschen nachhaltig beeinflusst haben, wissen wir nicht, wem wir sie verdanken.

Der Erfinder des Rades ist ebenso unbekannt wie der Erfinder des Knopfes. Und wer bereit wäre, dem Erfinder der Roten Grütze ein Denkmal zu setzen, der kann sein Geld sparen. Denn niemand weiß, wer die Rote Grütze erfunden hat.

Vielleicht war sie, irgendwann in grauer Vorzeit, das Produkt eines geistigen Höhenfluges irgendeines Neandertalers. Vielleicht aber verdankt sie ihre Entstehung dem Zufall. Einem Missgeschick möglicherweise, das einer Urfrau im nördlichen Germanien zustieß, als sie die übliche Hafergrütze herstellen wollte, mit Wasser, wie sie es von ihrer Mutter gelernt hatte, und dabei einen Topf mit Johannisbeersaft so unglücklich umstieß, dass sich Grütze und Saft vereinigten.

Sie wird fürchterlich gegreint haben, diese Urfrau. Und sie wird erst wieder zu Verstande gekommen sein, als sie den Jubel der Kinder hörte, die von der auf so unfreiwillige Weise zustande gekommenen Speise probiert hatten.

Wir wissen nicht, wer es war. Wir wissen nicht, wo es war. Und wir wollen großzügig eingestehen, dass wir Rote Grütze nicht ausschließlich für eine Hamburger Spezialität halten, sondern für eine Spezialität eines Großteils des nordeuropäischen Raumes. Wobei der Hinweis darauf gestattet sei, dass dieser Raum in vielerlei kultureller und geistiger Hinsicht von Hamburg aus beeinflusst worden ist.

Warum sollte sich nicht auch die Rote Grütze unter der von Hamburg in alle Himmelsrichtungen exportierten Kultur befunden haben?

Genug der Spekulationen. Wir wollen endlich Rote Grütze sehen!

Aber genau dort stoßen wir auf ein weiteres Problem. Eine ganz bestimmte und unverwechselbare Rote Grütze gibt es nicht.

Vor einigen Jahren sind mal Hamburgerinnen nach dem genauen Rezept befragt worden. Denken Sie, jede hatte ein anderes Rezept. Die meisten sagten, so genau könnten sie darauf gar keine Antwort geben. Rote Grütze sei bei ihnen immer anders.

Das richte sich nach den vorhandenen Früchten und - vor allem - nach der Menge der vorhandenen Früchte. Außerdem nach der Menge des Zuckers. Und ob man Rote Grütze mit Milch esse oder mit Sahne oder mit Vanillesoße, das hänge von der jeweiligen Stimmung ab.

Der Versuch, jedenfalls in Hamburg eine bindende Auskunft über das Rote-Grütze-Rezept zu erhalten, ist gründlich misslungen. Gewiss gibt es auch in Hamburg Leute, die Rote Grütze nach einem ganz bestimmten Rezept herstellen und sich von ihrem Weg unter keinen Umständen abbringen lassen. Solche Leute muss es eben auch geben.

Falls Sie aber, liebe Leserin, lieber Leser, kein Hamburger sind, sollten Sie wissen, dass es in Hamburg Gastgeber gibt, die Ihnen das raffinierteste Menü bereiten, ohne sich etwas dabei zu denken, wenn Ihnen kein Wort des Lobes über die Lippen kommt. Aber wenn Sie vergessen sollten, die Rote Grütze zu würdigen, und dabei können Sie gar nicht dick genug auftragen, dann - werden Sie nie wieder eingeladen.

Quellen

Adam von Bremen: Bremer und Hamburger Kirchengeschichte von 787 - 1072; mit einer Einführung von Wilhelm Tacke. Carl Schünemann Verlag, Bremen, Reprintausgabe 1987.

Beneke, Dr. Otto: Hamburgische Geschichten und Denkwürdigkeiten, J. G. Cotta'sche Buchhandlung Nachfolger, Stuttgart und Berlin, 1916.

Borcherdt, Dr. Albert: Hamburger Abende des Senioren-Konvents, Verlag von F. Dörling, Hamburg, 1899.

essen & trinken: Unvergessene Küche, Gruner & Jahr AG, Hamburg, 1979.

Geissler, Robert: Hamburg - ein Führer durch die Stadt und ihre Umgebung, 1861, Faksimile-Ausgabe des Carl Ed. Schünemann Verlages in Bremen, 1975.

Gröning, Karl: Hamburgische Theater Anekdoten, Hammerich & Lesser, Hamburg, 1942.

Gutmann, Hermann: Felix, seine liebe Frau Moritz und andere Leute, Edition Temmen, Bremen 2003.

Gutmann, Hermann: Mit vollem Munde spricht man nicht, Luisental-Verlag, 1997, seit 2001 Edition Temmen, Bremen.

Hertz, Richard: Das Hamburger Seehandelshaus J. C. Godeffroy und Sohn, 1766 - 1879, Paul Hartung Verlag, Hamburg, 1922.

Hoffmann, Paul Th.: Die Elbchaussee, IX. Auflage 1982, Broscheck Verlag, Hamburg.

Jacob, Heinrich Eduard: Sage und Siegeszug des Kaffees, Rowohlt Verlag, Hamburg, 1934.
Jünger, Wolfgang: Herr Ober, ein' Kaffee, Wilhelm Goldmann Verlag, München, 1955.
Klessmann, Eckart: Geschichte der Stadt Hamburg, Hoffmann und Campe, Hamburg, 1981.
Lith, Fabian und Volker Ernsting (Zeichnungen): Rundstück, Rauchfleisch, Rote Grütze, Johann Heinrich Döll Verlag, Bremen, 1983.
Marzahn, Christian und Astrid Schneider: Genuß und Mäßigkeit, Edition Temmen, Bremen, 1995.
Möhring, Paul: Drei Hamburger Originale, Hansa-Verlag, Husum, 1987.
Rimbert: Leben Ansgars, Wissenschaftliche Buchgesellschaft, Darmstadt, 1961.
Strang, John: Hamburg 1831, Ernst Kabel Verlag, Hamburg, 1981.
Straub, Maria Elisabeth: Grönen Aal und Rode Grütt, LN-Verlag, Lübeck, 1972.
Thode, Barbara: Hamburg - Kleine Geschichte einer großen Stadt, Verlag Hanseatische Edition, Hamburg, 1979.
Scheutzow, Jürgen W.: Hamburg - kennen und lieben, LN-Verlag, Lübeck, 1970.
Wegner, Matthias: Hanseaten, BvT Berliner Taschenbuch Verlag, Berlin, 2002.

Hermann Gutmann in der EDITION TEMMEN:

Bremer Bräuche ISBN 3-86108-156-3	7,90 €
Bremer Freimarkt ISBN 3-86108-170-9	8,90 €
Bremer Geschichte(n) ISBN 3-86108-158-X	8.90 €
Bremernhavener Erinnerungen ISBN 3-86108-166-0	8,90 €
Bremerhavener Geschichte(n) ISBN 3-86108-157-1	7,90 €
Der Ratskeller zu Bremen ISBN 3-86108-191-1	12,90 €
Ehe-Geschichten ISBN 3-86108-152-0	7,90 €
Felix und die alltäglichen Dinge ISBN 3-86108-150-4	9,90 €
Felix, seine liebe Frau Moritz und andere Leute ISBN 3-86108-167-9	8,90 €
Geschichten aus dem Schnoor ISBN 3-86108-161-x	8,90 €
Geschichten aus dem Radio ISBN 3-86108-159-8	9,90 €
Gute Besserung ISBN 3-86108-197-0	9,90 €
Hafen-Geschichten ISBN 3-86108-195-4	9,90 €
Hamburger Geschichte(n) ISBN 3-86108-198-9	9,90 €

Hat's geschmeckt ISBN 3-86108-153-9	8,90 €
Kohl- und Pinkelgeschichten ISBN 3-86108-175-X	9,90 €
Mit vollem Munde spricht man nicht ISBN 3-86108-151-2	8,90 €
Opa-Pflichten ISBN 3-86108-155-5	8,90 €
Paß auf, daß Du Dich nicht bekleckerst ISBN 3-86108-160-1	8,90 €
Roland und seine Brüder ISBN 3-86108-173-3	9,90 €
Roland mit de spitzen Knee ISBN 3-86108-154-7	8,90 €
Seemannsgeschichten ISBN 3-86108-172-5	9,90 €
Sagen und Geschichten aus Bremen ISBN 3-86108-163-6	8,90 €
Sagen und Geschichten aus Bremen-Nord ISBN 3-86108-164-4	8,90 €
Schmunzelgeschichten ISBN 3-86108-162-8	8,90 €
Verdener Geschichte(n) ISBN 3-86108-196-2	8,90 €
Wenn wir unsere Oma nicht hätten ... ISBN 3-86108-193-8	8,90 €
Weihnachtsgeschichten ISBN 3-86108-168-7	9,90 €
Wenn Ostern und Pfingsten auf einen Tag fallen ISBN 3-86108-171-7	8,90 €
Worpsweder Geschichten ISBN 3-86108-169-5	9,90 €

Zum Jubiläum

Das Große Hermann Gutmann-Buch - seine besten Geschichten in einem Band. 240 Seiten, mit zahlreichen farbigen Illustrationen von Peter Fischer. Limitierte Auflage!

Das ideale Geschenk für alle Liebhaber des »Bremer Kishon«

ISBN 3-86108-174-1
24.90 €

Hermann Gutmann stammt aus Bremerhaven und lebt seit 1957 in Bremen, wo er zunächst beim Weser-Kurier Karriere machte. Nach einigen Jahren in Hamburg als Redakteur der Zeitschrift »essen&trinken«, zog es ihn an die Weser zurück. Von dort aus erfreut der freie Journalist und Schriftsteller seine beständig wachsende Fangemeinde mit stets neuen Geschichten über allerlei Eigenheiten des Alltags.

FR. Feinberg

Bev 4